L'ŒIL DE GOLIATH

www.editionsphebus.fr

Publié sous le titre original *El ojo de Goliat*
par Editorial Entropía, Buenos Aires, Argenine, en 2022.

Cet ouvrage a été publiée grâce au concours
de Casanovas & Lynch Literary Agency.

ISBN : 978-2-7529-1486-6

DIEGO MUZZIO

L'ŒIL DE GOLIATH

Traduit de l'espagnol (Argentine) par

ERIC REYES ROHER

PHÉBUS

À Peggy

I.

LE NAGEUR PSYCHOTIQUE

Laissez-moi suivre ma voie ténébreuse. J'ai attiré sur moi un châtiment et un danger qu'il m'est interdit de préciser.

ROBERT L. STEVENSON, *L'Étrange Cas du docteur Jekyll et de M. Hyde*

... si je suis un grand coupable, je souffre aussi en proportion.

ROBERT L. STEVENSON, *L'Étrange Cas du docteur Jekyll et de M. Hyde*

Ce jour-là, alors qu'il menait une séance d'hypnose sur « l'anthropophage », le docteur Edward Pierce sentit à nouveau les assauts de la névralgie. Elle se déclarait invariablement sous la forme d'un éclair de chaleur à la tempe droite. Ensuite, avec l'insidieuse rapidité d'une déflagration, la douleur se propageait et balayait sur son passage toute capacité de raisonnement, laissant le psychiatre démuni face à son tourment. Lors des pires épisodes, le fragment de métal qui provoquait les céphalées semblait s'incarner en un être vivant : un rat d'acier qui rongeait les parois de son crâne. Seuls deux antidotes pouvaient soulager son supplice : la morphine et le sommeil. À seize heures, Pierce décida de suspendre les tâches programmées ce jour-là, regagna sa chambre au troisième étage de la clinique et s'affala sur son lit.

Son malaise venait d'une blessure reçue en 1916, lors de la bataille de la Somme. Six jours durant, les lignes allemandes avaient trépidé sous un déluge de feu. Le 1er juillet, vingt-six divisions britanniques, appuyées par quatorze divisions françaises, avaient assailli l'ennemi entre Gommecourt, au nord, et Fouquescourt, au sud. Le combat s'était prolongé cent quarante et un jours. Edward Pierce faisait partie du contingent de psychiatres que le haut commandement britannique avait disséminés sur le front dans le but d'étudier un trouble déjà responsable d'un grand nombre de pertes : le *shell shock*, la névrose de guerre.

Dépêché dans les environs d'Ovillers-la-Boisselle, le docteur Pierce avait passé quelques mois à en observer les symptômes sur le terrain – crises d'hystérie, mutisme, paralysie, apathie, troubles du sommeil, convulsions musculaires, hallucinations. Parallèlement, il avait reçu une instruction accélérée sur la façon dont une rafale de shrapnel ou les balles d'une Maschinengewehr 08 pouvaient modifier en un instant l'anatomie humaine. Lors d'un après-midi terni par la pluie, tandis qu'il analysait un cas sur la deuxième ligne de tranchées, un obus avait explosé à quelques mètres de lui. Il avait senti un élancement à la tempe et porté la main à son visage. Un filet de sang coulait sur sa joue.

L'avis du chirurgien qui l'avait ausculté avait été sans appel : il courait un plus grand risque en se soumettant à une intervention qu'en laissant l'éclat là où il se trouvait. Quoi qu'il en soit, il resterait quelques jours en observation. Les hôpitaux à l'arrière étant surchargés, on lui avait attribué le seul lit disponible, dans une pièce où s'entassaient les mourants. Au terme d'un séjour d'une durée jugée raisonnable, Pierce avait été autorisé à quitter l'hôpital. Il n'éprouvait aucune gêne notable. Il avait oublié le morceau d'acier logé dans son pariétal droit et était retourné à son labeur scientifique dans le tumulte des explosions. Plus tard, rentré du front, une nuit qu'il assistait à la représentation du *Vaisseau fantôme* à la Royal Opera House d'Édimbourg, il avait senti pour la première fois la douleur émerger.

Depuis ce jour, il avait vécu avec ce tourment récurrent, qui surgissait à l'improviste, sans raison apparente, et qui le handicapait des heures durant, l'obligeant à se confiner dans le noir. Dans la pénombre de sa chambre, Pierce contractait les paupières. À la douleur s'ajoutaient le fracas des bombes, les geysers de boue, le sang, le chaos, les visions macabres de la boucherie. L'une, en particulier, hantait ses rêves : la tête d'un cheval et d'un soldat jaillissant de terre. Face à face, les bouches ouvertes et infestées de vers, homme et animal poussaient un hurlement muet. Ainsi les cris du passé se mêlaient-ils à ceux du présent, l'hôpital n'étant en rien un endroit silencieux.

Le vieux bâtiment de pierre se situait à quelques kilomètres de Broxburn, à l'ouest d'Édimbourg. Un mur d'enceinte et un jardin planté de chênes, de cèdres et de sapins préservaient l'institution des regards indiscrets. Jusqu'à ce que le docteur Pierce en prenne la direction, le lieu n'était rien d'autre qu'un hospice d'aliénés, ce que l'on appelait usuellement un « asile de fous ». Dès son arrivée, il avait fait remplacer la plaque de bronze à l'entrée de l'établissement. À ce premier changement symbolique en avaient succédé d'autres, d'ordre matériel et thérapeutique. Depuis, le St. Bartholomew Sanatorium – nom qu'il reçut bientôt – s'était transformé en un hôpital psychiatrique sélect, pour ne pas dire secret. En ce lieu avait échoué un groupe trié sur le volet parmi les nombreux névrosés qu'avait laissés la guerre. Ces cas, désespérés aux yeux de la psychiatrie conventionnelle, étaient les descendants de familles nobles, de commerçants ou d'industriels qui, associés à la monarchie et aux politiciens de tous bords et de tout poil, dirigeaient l'empire.

Le docteur Pierce avait obtenu la confiance de ces clans grâce à sa discrétion légendaire ainsi qu'aux nouveaux traitements destinés à soulager la souffrance de ses douze patients. Ces derniers n'étaient pas confinés dans des cellules. Au contraire, chaque malade disposait de sa propre chambre, meublée avec simplicité, d'où il pouvait sortir à sa guise, tel le pensionnaire d'une maison de repos distinguée. Les patients n'étaient même pas enfermés le soir, sauf en cas de force majeure. De sorte qu'il n'était pas rare que Pierce, le docteur Hastings, son assistant, ou encore l'une des infirmières découvrent, dans le jardin, la cuisine ou les couloirs, un patient qui, ne parvenant pas à trouver le sommeil, abandonnait sa chambre pour une balade nocturne.

Bien entendu, les aliénés n'étaient pas soumis à la torture de l'hydrothérapie, de l'électricité, des entraves, des chaînes, des cages ou des raclées. Pierce donnait naissance à une nouvelle méthode fondée sur une batterie de traitements tels que l'hypnose, la narcose, la psychothérapie et la psychanalyse, sans négliger l'hygiène, l'alimentation et le délassement des aliénés. De fait, l'établissement leur permettait de s'adonner à de modestes travaux manuels – menuiserie, jardinage, mécanique –, de suivre des cours de peinture ou de piano, et même de bénéficier des discrètes visites de ces dames, qui pratiquaient leur profession dans une maison close d'Édimbourg, et qui tous les mois se rendaient jusqu'à la clinique rurale afin d'y offrir leurs services. Les rencontres avaient lieu dans une chambre spéciale, jouxtant les anciennes écuries, que l'on appelait la « chambre des roses », non pas du fait des activités sexuelles que l'on y pratiquait mais pour une tout autre raison, plus prosaïque, en rapport avec le motif du papier peint. L'institution possédait également une importante bibliothèque, peu fréquentée par les pensionnaires, bien que généreusement pourvue en ouvrages de philosophie, d'histoire, de psychologie, en biographies et récits de voyages (Pierce déconseillait la fiction : la lecture devait être une activité intellectuellement profitable et non un simple passe-temps). Une salle pouvait par ailleurs accueillir concerts et conférences.

Entre les médecins, les infirmières et le personnel subalterne – responsable de la cuisine, de la propreté et de l'entretien du jardin -, l'établissement employait dix personnes. Pour les parents qui refusaient de jeter ce qui restait de leurs enfants dans un quelconque asile militaire surpeuplé, St. Bartholomew s'imposait presque comme une évidence. La très lourde dotation annuelle qu'ils versaient à l'institution leur donnait bonne conscience. Néanmoins, à l'heure de sauter le pas, une autre raison entrait en considération, inavouée mais non moins importante : l'éloignement de l'asile. « Édimbourg n'est pas Londres », martelait dans l'intimité le docteur Pierce, un sourire en coin.

Quelques heures plus tard, la névralgie se dissipait pour laisser place à un battement lointain. Sa tête, engourdie et cotonneuse, lui semblait enserrée dans de la ouate. Avant d'ouvrir les yeux, Pierce se représenta son corps comme une chrysalide sur le point d'éclore. L'horloge indiquait vingt-deux heures cinquante. Il porta son regard sur la chaise où s'empilaient des journaux, des études de cas cliniques et les livres qui avaient retenus son attention la veille : Stevenson, l'un des rares auteurs de fiction qui échappaient à sa défiance, ainsi qu'un curieux volume écrit par un certain William H. Hudson, resté ouvert là où il avait interrompu sa lecture. C'était une sorte de récit de voyage ou de mémoire – qui contenait, répartie entre ses pages, l'ébauche d'un traité d'ornithologie sur des espèces sud-américaines. L'auteur y narrait les péripéties d'un long séjour en Patagonie. Les yeux de Pierce tombèrent, comme par mégarde, sur un paragraphe qu'il avait annoté dans la marge : « Le changement survenu en moi était si grand et si merveilleux que mon identité semblait être celle d'un autre, homme ou animal. »

Il était sur le point de se rendormir avec ces mots résonnant dans sa tête, lorsqu'on frappa à sa porte. Paul Hastings venait lui annoncer l'arrivée d'un visiteur. Pierce savait que les quelques privilégiés pouvant se permettre de franchir le seuil de l'institution se moquaient bien de prendre rendez-vous ou de se présenter à une heure décente. Cette situation n'en était pas moins inhabituelle.

Après s'être rafraîchi le visage et rhabillé à la hâte, il descendit dans l'entrée. Le visiteur était un homme âgé de taille moyenne, rougeaud, à l'abondante chevelure blanche et aux favoris soigneusement taillés. Il portait sous le bras une serviette usagée, et ne remarqua pas l'arrivée du médecin, absorbé qu'il était dans la contemplation de l'unique peinture à l'huile qui ornait la pièce : *Dante et Virgile aux Enfers*. En réalité, une copie du tableau de William-Adolphe Bouguereau, que Pierce avait commandée à un ami peintre doué pour les reproductions. La toile s'inspirait d'un épisode survenu dans le huitième cercle de l'Enfer, lorsque Dante et Virgile assistent à un combat entre deux âmes damnées : Schicchi mordant le cou de Capocchio.

Pierce s'approcha et serra la main du visiteur. Les doigts du vieil homme étaient lisses et froids comme des poissons. Le docteur patienta, donnant à l'inconnu le temps de se présenter, mais celui-ci se contenta de lui tendre une lettre. Dans un coin de l'enveloppe apparaissait le monogramme de la Chambre des communes.

La missive, que Pierce lut sur-le-champ, était des plus brèves et aurait pu ouvrir des portes plus prestigieuses que celles d'une institution psychiatrique loin de tout. Elle avait été rédigée par une figure politique qui exigeait avant toute chose la plus grande discrétion et demandait qu'on fournisse au porteur – l'ingénieur David Alan Stevenson – l'aide nécessaire pour que son protégé parvienne à surmonter les ennuis de santé qui l'affligeaient.

Le psychiatre replia la lettre et la rendit au visiteur. Il ne put s'empêcher de relever que celui-ci portait le même nom que l'écrivain.

– Ce n'est pas une coïncidence, docteur.

La voix était grave, forte, et son propriétaire avait pris l'habitude de murmurer afin d'atténuer sa puissance involontaire.

– Robert était mon cousin. Je l'ai très peu connu ; il était particulièrement sujet à la maladie. Il est mort dans le Pacifique sud, au milieu des sauvages. J'ai tendance à croire que la mort est, parfois, une libération.

Pierce raconta que *L'Étrange Cas du docteur Jekyll et de M. Hyde* était l'un de ses livres de chevet. Ajoutant aussitôt que, bien qu'il n'eût pas de temps à perdre à lire des romans, il éprouvait un certain faible pour celui-ci, qui s'intéressait à un thème propre à la psychiatrie : le dédoublement de la personnalité. Stevenson ne fit aucun commentaire. Pierce déduisit de ses observations et de ce silence sans équivoque que son lien de parenté avec l'écrivain était pour le vieil homme un motif de désagrément plus que de satisfaction. Ou peut-être son mutisme résultait-il de la brève analyse critique qu'il s'était permis d'énoncer. Quoi qu'il en soit, il décida qu'il n'aborderait plus le sujet.

Le médecin conduisit son invité jusqu'à son cabinet, au premier étage. Hastings l'y avait précédé pour allumer les lumières et raviver le feu qui crépitait désormais dans la cheminée. Afin de créer les conditions propices à la pratique de l'hypnose, les rideaux devaient rester fermés. À une autre époque, avant qu'il se cloître dans cet endroit pour y compulser des dossiers médicaux ou répondre à son courrier en retard, Anne – une jeune infirmière avec qui il avait eu une liaison malheureuse – les ouvrait systématiquement ; le jardin au clair de lune, avec ses arbres centenaires, les sentiers qui le sillonnaient, apportait du réconfort au docteur Pierce et allégeait les tracas de la journée. Anne ne se trouvant plus dans ces lieux, les rideaux demeuraient désormais clos. Pour Pierce, la psychiatrie était un sacerdoce et l'hôpital, un temple. Conscient des responsabilités qui incombaient à tout homme marié, il avait, depuis longtemps, renoncé à toute union légitime. Et s'il regrettait, jusqu'à ce jour, les faux espoirs qu'Anne avait placés dans cette relation, c'était parce qu'il n'avait pas été sincère avec elle. La passion qu'Anne lui vouait avait fini par appeler chez lui une réponse symétriquement inverse, quoique cette froideur ne soit pas même parvenue à la décourager. Ce ne fut que lorsque l'indifférence calculée du psychiatre s'était muée en cruauté qu'elle avait enfin réagi et, sans même le prévenir, quitté St. Bartholomew.

Ses petites attentions, comme celle des rideaux et bien d'autres auxquelles Pierce, d'une certaine façon, s'était habitué – les fleurs des champs qu'il retrouvait quelquefois dans un verre sur son chevet, les billets sur lesquels Anne griffonnait des citations d'*Alice au pays des merveilles*, son livre préféré, et qu'elle disséminait dans ses tiroirs et dans ses poches, les ouvrages qu'elle lui offrait en rentrant de ses voyages à Édimbourg -, accentuaient l'irréversibilité de son absence.

Pierce se passa une main sur le front. Avant de s'asseoir à son bureau, il ouvrit les rideaux et jeta un coup d'œil par la fenêtre. En bas, plongée dans la brume, il distingua la voiture dans laquelle était arrivé l'ingénieur.

Stevenson prit place. Il refusa le thé, le brandy et le whisky, mais accepta un verre d'eau. Pierce constata que la proximité du docteur Hastings incommodait son visiteur. Lui-même avait ressenti autrefois une gêne comparable. D'après sa théorie, le malaise que son assistant suscitait chez certaines personnes était non seulement dû à son impassibilité générale et à son aspect physique – Hastings était un homme chauve, pâle, d'une maigreur suspecte -, mais surtout à l'odeur singulière de légumes bouillis qu'il dégageait, ce relent tenace de vieillesse précoce. Hastings ne buvait ni ne fumait ; s'il avait pu vivre sans manger, il se serait épargné l'ennui de s'alimenter. De temps à autre – Pierce le savait -, son assistant s'adonnait à l'éther. Cependant, il en usait avec une telle modération qu'on pouvait difficilement qualifier de vice cette récréation.

Le vieil homme devait penser que l'heure tardive l'obligeait à être bref. Il vida son verre et, sans plus de préambules, aborda l'objet de sa visite. Il travaillait pour la Northern Lighthouse

Board, expliqua-t-il, l'organisme chargé de construire et d'entretenir le réseau de phares d'Écosse et de l'île de Man. À la fin de l'année 1921, des fonctionnaires consulaires de la République argentine étaient entrés en contact avec la compagnie. Le gouvernement avait souhaité faire appel à ses services afin de réaliser un relevé technique de certains phares implantés dans les territoires austraux de Patagonie et de Terre de Feu. Le contrat faisait état, par ailleurs, de la construction *probable* (le mot était mis en évidence sur les documents) de deux nouveaux phares dans des zones qui restaient à déterminer. Ce dernier point, précisa Stevenson, devait être interprété à l'aune des manigances propres aux négociations commerciales que la Grande-Bretagne menait avec certains pays ; cela voulait dire, d'une part, que le rejet du premier terme invalidait immédiatement le second ; et, d'autre part, bien que cela, évidemment, ne soit évoqué qu'entre les lignes, qu'en posant une option sur la Northern Light Board plutôt que sur son homologue français, plus économique, les fonctionnaires responsables du marché public s'attendait à recevoir une forme de compensation ou certains avantages en…

À cet instant, Stevenson se vit obligé de s'interrompre. Un hurlement prolongé avait retenti à l'extérieur. Pierce se leva, s'approcha de la fenêtre et regarda en contrebas. Sur le siège arrière de la voiture qui avait amené l'ingénieur, il entrevit deux silhouettes, indirectement éclairées par un lampadaire, qui s'agitaient, secouant le véhicule.

– Docteur, je vous saurais gré de bien vouloir m'excuser, dit le vieil homme, tandis que Pierce regagnait le fauteuil derrière son bureau. Je conçois que mon arrivée intempestive, à une heure indue, soit inhabituelle, mais croyez-moi, je ne pouvais agir autrement. Le cas qui nous occupe est unique.

– Ils le sont tous, objecta aussitôt Hastings.

Stevenson ignora ce commentaire. Un deuxième hurlement retentit dans le silence de la nuit, qui cette fois ne provenait pas de la voiture mais de l'asile. L'écho de ce cri semblait infini, omniprésent. À la suite de ce rugissement primordial jaillirent de nouvelles vociférations et lamentations. Le bâtiment tout entier se transforma soudain en une immense caisse de résonance intensifiant le délire et la souffrance d'une bête fantastique, aux multiples visages.

Contrarié, Hastings sortit du bureau.

– Je suis navré d'avoir perturbé la routine de votre établissement, s'excusa à nouveau Stevenson. Il se peut que j'accepte votre whisky à présent…

Pierce se garda de lui dire que ce genre de symphonie nocturne n'était pas tout à fait inhabituelle. Il servit deux verres et en tendit un au vieil homme. Puis, sur un ton qui, pour quiconque ne le connaissait pas, pouvait passer pour désinvolte, il lâcha :

– Bien, parlez-moi de ce cas unique…

Avant de répondre, Stevenson prit une gorgée. Puis deux autres.

– L'ingénieur David Bradley est un collègue. Il travaille pour la compagnie, commença-t-il, avant de se reprendre : Il travaillait… Voyez-vous, docteur, l'ayant moi-même conduit dans la situation où il se trouve, je me sens responsable.

Les cris à l'intérieur du bâtiment s'éteignaient peu à peu ; Hastings et son cortège d'infirmières distribuaient de généreuses doses d'éther. De l'extérieur leur parvint un nouveau hurlement.

– Il ne se calmera pas, proclama Stevenson, à moins que vous le mettiez sous sédatif ou le laissiez nager…

Pierce regarda fixement l'ingénieur. Il était certain d'avoir bien entendu, pourtant, il ne put s'empêcher de demander :

– Nager ?

Le vieil homme réprima un geste d'impatience et reprit le fil de son récit. Afin de mener à bien la première phase du contrat avec l'Argentine, une commission de la Northern Lighthouse avait sélectionné David Bradley. Ce choix n'avait rien d'arbitraire. Bradley était déjà un jeune ingénieur prometteur au moment de son embauche, quelques mois seulement avant le début de la guerre. Fin 1914, ayant décidé de s'enrôler dans l'armée, David avait été incorporé dans le régiment des Écossais de Londres. En juillet 1917, aux environs de Gommecourt, il avait été brièvement exposé aux effets d'un gaz de combat. Il s'était retrouvé à l'article de la mort, prostré et aboulique pendant des mois. Passé un certain temps, il était pourtant retourné au front et avait été décoré à trois reprises pour des actes de bravoure. À la fin de la guerre, il avait repris ses fonctions au sein de la Northern Lighthouse. Seulement, David n'était plus le même. Il était devenu taciturne, rigide, irritable. Puis il avait mis fin à ses fiançailles avec Elizabeth Crane, une jeune fille folle amoureuse de lui.

– Elle a épousé assez rapidement un autre homme. Après cela, poursuivit Stevenson, la situation de Bradley a empiré, comme vous pouvez l'imaginer. Je me suis dit qu'en lui confiant cette tâche dans un territoire aussi éloigné, en le faisant changer d'air, en lui permettant d'assumer de nouvelles responsabilités, je l'aiderais à se remettre. Grâce à mes prérogatives en tant que président de la commission, j'ai obtenu qu'on lui assigne cette fonction. Tout d'abord, David a refusé la proposition. J'ai persévéré néanmoins, et, en mars 1922, il a entrepris le voyage jusqu'à Buenos Aires, d'où il allait relier un port reculé, Ushuaia, situé à la pointe sud du continent. Certains imprévus l'ont alors obligé à faire une halte sur l'îlot Schouten, un rocher aux abords de l'île des États, où se trouve l'un des phares qu'il devait contrôler. David y est resté plusieurs semaines et a été miraculeusement repêché par l'équipage du bateau de réapprovisionnement. Alors que le canot approchait de l'îlot, on a vu Bradley se jeter à l'eau et tenter de fuir à la nage ce rocher inhospitalier. Ils se sont empressés de le secourir avant qu'il ne meure d'hypothermie ou ne soit englouti par les vagues. D'après les témoignages, même une fois sain et sauf sur le pont, il a continué à nager comme s'il se débattait encore au milieu des flots. À n'en pas douter, il avait déjà perdu la raison. Impossible de l'en empêcher ; il a nagé jusqu'à l'épuisement. Le capitaine et une poignée d'hommes ont ensuite débarqué sur l'îlot et fait le tour du phare. Ils y ont découvert une sorte de journal que l'ingénieur avait tenu pendant son séjour. Bradley a été rapatrié par les soins de notre ambassade à Buenos Aires. Il n'a pas prononcé le moindre mot depuis, et sa seule activité, quand il ne dort pas, consiste à s'allonger par terre sur le ventre et à nager jusqu'à s'évanouir d'épuisement.

Stevenson vida d'un trait son verre de whisky, ouvrit sa serviette, en sortit un carnet à couverture noire sanglé de plusieurs tours de ficelle de sisal, qu'il laissa tomber sur le bureau.

– Le journal de Bradley.

Pierce observa le carnet. Il était humide et semblait avoir été manipulé à maintes reprises. Il tendit le bras ; puis le retira, inquiet, comme si l'objet couvait en son sein les œufs d'un animal venimeux.

– Je vous préviens, docteur, ce que Bradley retranscrit dans ces pages est aussi troublant qu'invraisemblable, affirma Stevenson.

– Quel âge a-t-il ?

– Il vient d'avoir trente ans. Si je puis me permettre, la vie de Bradley n'a jamais été une sinécure. Sa mère est morte en couches et son père, qui était un grand ami, ne lui a pas survécu, il a disparu lors du naufrage du bateau qui le ramenait d'Inde. Je m'occupe du garçon depuis qu'il est enfant et je l'ai éduqué comme si c'était mon propre fils. Je le connais sur le bout des doigts, docteur, ou du moins je croyais le connaître. Je ne comprends pas qu'il en soit arrivé là. Malgré les épreuves qui ont jalonné son existence, il a toujours été quelqu'un de parfaitement normal.

Pour le docteur Pierce, dont l'histoire précoce rappelait celle de son patient – orphelin à l'âge de dix ans, élevé par la sœur de son père, une vieille fille mélancolique et sévère –, cette expression, « quelqu'un de parfaitement normal », constituait un oxymore qui manqua de lui arracher un sourire. Qu'était-ce donc qu'une personne « normale » ? À l'aune de quoi pouvait-on en juger ? Un boucher, un instituteur, une infirmière, un général pouvaient passer pour des personnes « parfaitement normales » dans certains contextes, et se montrer bien moins « normales » au gré des circonstances. Et puis, sans chercher loin, qu'y avait-il de normal chez un homme qui acceptait de vivre dans une tranchée infestée de rats, qui n'hésitait pas à sauter hors de son trou pour aller tuer son semblable dans un combat corps à corps, avant de regagner sa position, couvert de sang et de boue, pour avaler un bol de soupe à côté d'un compagnon mort, tout en contemplant une photographie de son épouse et de son fils, restés à la maison ? C'étaient précisément ces paradoxes qui lui faisaient tant apprécier le roman de l'autre Stevenson, le cousin de celui qui se tenait face à lui.

Non. Sa propre expérience de psychiatre lui dictait que la catégorie des « personnes normales » était une mystification. Les « personnes normales » n'existaient pas. N'avaient jamais existé. Ni avant ni après la guerre. En tout état de cause, il y avait deux catégories de personnes : celles qui avaient triomphé de leurs démons, en les enfermant à double tour dans les contrées les plus reculées de leur psyché, et celles qui finissaient par s'y abandonner. Les situations extrêmes – une expérience trompeusement anodine, une tragédie personnelle, ou, par exemple, un holocauste comme celui qui, récemment encore, avait ébranlé le monde, minant les fondations de sociétés soi-disant civilisées – lézardait cette façade de normalité sous laquelle couvait un parasite à l'état larvaire. Pierce parlait souvent de la guerre comme du « porte-clefs de l'abîme ». Depuis le soir où Anne lui avait montré pour la première fois les illustrations d'*Alice au pays des merveilles* signées par John Tenniel, il ne l'imaginait plus comme un dieu grec ou romain – avec casque, lance et bouclier -, mais plutôt comme une fillette aux cheveux bouclés et aux yeux hallucinés qui, faisant tinter un trousseau de petites clés, ouvrait un à un les compartiments de l'esprit qui renfermaient des légions rugissantes de démons.

Ceux qui n'avaient pas fait leur temps au front, songeait-il souvent, ne pouvaient ne serait-ce qu'imaginer le séisme psychique que la menace permanente de l'anéantissement représentait pour un être humain. Pour Karl Abraham (dont la théorie, plébiscitée par Freud, était l'un des piliers sur lesquels s'appuyait Pierce à St. Bartholomew), cet état devait être considéré comme un conflit entre l'ancien Moi pacifique de l'individu et le nouveau Moi guerrier du soldat. La tension entre les deux devenait intolérable dès lors que le Moi pacifique constatait à quel point les actions de son double parasitaire mettaient en danger sa propre survie. Rien de bien nouveau, cela dit. Les traumatismes psychiques provoqués par la guerre avaient été recensés depuis l'Antiquité. Ainsi, Hérodote raconte qu'un hoplite de grande taille se dressa devant le guerrier athénien Épizélos durant la bataille de Marathon et que sa barbe projeta une ombre sur le bouclier de l'Athénien. Le spectre tua l'un de ses compagnons avant de poursuivre sa route sans même le toucher, cependant Épizélos demeura aveugle jusqu'à la fin de ses jours. Dans l'un de ses *Traités*, le médecin grec Hippocrate fait état de soldats qui continuaient de combattre dans leur sommeil. Des rêves traumatiques auxquels Lucrèce fait aussi allusion dans un passage de son célèbre *De natura rerum*. Pendant les siècles qui suivirent, historiens et écrivains relevèrent quantité de cas semblables. Cependant, à partir de la fin du XIXe siècle, les troubles causés par l'extrême violence des combats ne furent plus considérés comme des manifestations de la peur ou de la lâcheté.

Le long de la première ligne de front, lorsque, sous le bruit assourdissant des obus, résonnaient les sifflets des officiers sonnant la charge, Pierce avait assisté à des scènes indescriptibles : des hommes paralysés, qui se souillaient, se tiraient une balle dans le pied, pleuraient et hurlaient de terreur ; mais aussi des soldats impavides qui se hissaient hors des tranchées, les yeux hagards, comme morts, et qui réalisaient des actes d'héroïsme insensé. Un jour, il avait été témoin d'un épisode qui resterait à jamais dans sa mémoire. Il se trouvait aux environs de Bazentin, dans une tranchée de deuxième ligne, occupé à observer le comportement d'un officier – un jeune homme de Birmingham, étudiant en théologie -, qu'il soignait de son profond accès de mélancolie. Les bombardements allemands n'avaient pas cessé depuis une semaine. Le firmament, bruni par les explosions et la fumée, semblait refléter la couleur de la boue qui recouvrait la terre. Soudain, l'officier avait levé les yeux et désigné un point lointain entre les nuages. Un corps tombait du ciel, sans doute un pilote dont l'avion avait été abattu. « Nous avons assassiné le Seigneur », avait murmuré le jeune homme. Il avait alors dégainé son revolver et, sous le regard impuissant de Pierce, s'était fait sauter la cervelle.

Cette guerre, pendant laquelle chaque camp avait mis toute son imagination au service de la destruction de l'autre, déployant des techniques d'extermination jusque-là inédites, était un désastre sans égal dans l'histoire de l'humanité. Sur les champs de bataille, l'homme était retourné à quatre pattes jusqu'à l'âge de pierre. Cependant, le conflit avait aussi balisé le terrain pour l'avènement d'un savoir plus vaste et plus profond dans des disciplines telles que la médecine et la psychiatrie. Ces quatre années de boucherie avaient été un fabuleux catalyseur de démence, non seulement de l'ennuyeuse folie ordinaire, baveuse et catatonique, mais aussi de toutes les autres, exceptionnelles, celles qui intéressaient Pierce. Les champs de bataille désormais abandonnés, saturés de cratères, de ferraille et de restes humains, défiaient l'intelligence du psychiatre comme un délicieux territoire inexploré de l'aliénation.

Pierce aurait pu montrer au vieil homme cette modeste succursale de l'enfer, pays des merveilles inversé, dont il était le monarque. Incarner Virgile, l'inviter à franchir le seuil des chambres de ses patients, l'éclairer avec quelques cas singuliers…

Celui qu'on appelait « l'anthropophage », par exemple, que le psychiatre avait tenté d'hypnotiser plus tôt dans l'après-midi, lorsque était survenue la névralgie, était le lieutenant William Andrew Cavendish, fils du duc de Devonshire. Le jeune lieutenant Cavendish était quelqu'un de « parfaitement normal » jusqu'à ce que l'un de ses compagnons le retrouve dans un cratère d'obus en train de manger le foie d'un Allemand. Son père s'était vu obligé de le rapatrier dans le secret le plus absolu. Depuis, il était l'un des pensionnaires de St. Bartholomew. Plus d'une fois, Pierce l'avait découvert dans la cuisine, tard dans la nuit, mâchant un mélange de viscères et de viande crue, la pitance de M. Pumpkins, le chat de la cuisinière.

Le chapelain Thomas Ephistone, originaire de Camden et aumônier de la 7e compagnie des fusiliers gallois, établie dans les environs de Cambrai, était très vraisemblablement une personne « parfaitement normale » jusqu'au jour où il avait reçu un message de Dieu. Ce matin-là, l'ange Abaddon lui était apparu afin de l'alerter de l'imminence d'une attaque au gaz. Bouleversé, pris de panique, le chapelain avait réussi à convaincre toute une compagnie de sa vision, obligeant les hommes à quitter la tranchée et à donner l'assaut à l'ennemi. Ephistone soutenait qu'Abaddon les dirigeait en les haranguant depuis le ciel. La compagnie avait donné l'assaut. Elle avait été balayée par la mitraille allemande. Seuls avaient survécu une poignée d'hommes et le chapelain. Il n'était pas rare de retrouver Ephistone prêchant à tue-tête dans le jardin de la clinique, les yeux rivés sur le firmament, sous l'emprise de l'ange exterminateur.

Le cas de Stephen Stanton, le fils d'un riche négociant en tissus de Liverpool, était pour le moins fascinant. Il avait traversé les trois premières années du conflit sans la moindre égratignure, faisant preuve d'une hardiesse exceptionnelle. C'était un jeune homme jovial, extraverti, toujours disposé à aider ceux qui en avaient besoin, toutefois les soldats de sa section préféraient le tenir à distance. Son audacieuse témérité était perçue comme un affront, une anomalie. En le voyant partir à l'assaut sans ciller, ou se déplacer dans les tranchées sans prendre le temps de se couvrir, sous le feu de l'artillerie allemande, ou s'arrêter au milieu du champ de bataille pour secourir un blessé – les balles sifflant autour de lui et les obus explosant au-dessus de sa tête -, ses compagnons n'auraient su dire si ce jeune homme souhaitait mourir, s'il feignait la folie pour s'en sortir ou s'il avait vraiment perdu la raison. Un jour de l'hiver 1917, un obus de gros calibre était tombé sur le refuge où il dormait, l'ensevelissant sous une montagne de terre et de débris. Une douzaine de soldats s'étaient mis à déblayer l'endroit, sans y croire. Après dix heures de labeur, ils avaient sorti de ce cratère six cadavres, et Stanton, vivant. Sitôt qu'il émergea de cette tombe, il devint un autre homme. Il ne parlait pas. Mangeait à peine. Passait de longues heures assis, les yeux perdus à l'horizon. Les rats lui grimpaient dessus sans qu'il prenne la peine de les chasser. Avant son malheur, les autres soldats le fuyaient. À présent, ils le redoutaient. Il fut surnommé « le revenant ». Du reste, il avait développé certains dons d'intuition ou de prémonition, annonçant, avant chaque affrontement, qui n'en reviendrait pas. Il avait mis en place, à cet effet, une cérémonie singulière : il parcourait la tranchée peu avant l'assaut, marquant les condamnés d'un baiser sur la joue. En règle générale, il devinait juste. La guerre prit fin sans qu'il soit à nouveau blessé. Après la démobilisation, Stanton créa une société de spiritisme. Ses complices, deux femmes avec qui il vivait en concubinage, étaient chargées d'obtenir des informations dans les lieux de culte. Les familles des soldats tués au combat, privés de sépulture où se recueillir et déposer des fleurs, cherchaient une consolation dans les églises. La Commonwealth War Graves Commission avait en effet adopté une résolution pour que les dépouilles des Britanniques morts dans les tranchées ne soient pas rapatriées mais enterrées dans des cimetières militaires en territoire français. Se faisant passer pour les veuves ou les sœurs d'un soldat ou d'un officier tombé au champ d'honneur, les belles complices de Stanton établissaient le contact avec leurs futures victimes, leur soutiraient toutes sortes d'informations et les persuadaient de prendre part à une séance de spiritisme. Le médium, bien entendu, était Stanton. Se servant des données recueillies quelques jours auparavant, il déployait la panoplie de truquages usuels : jeux de miroirs, courants d'air, tambourinements, manifestations ectoplasmiques, messages, transes. L'habileté de son mode opératoire, son talent pour composer un récit en dosant l'information que lui auraient prétendument fournie les morts, incitaient les proches à revenir encore et encore, et à débourser des sommes de plus en plus élevées à chaque nouvelle séance. C'est ainsi que Stanton parvint à empocher des milliers de livres sterling. Démasqué par des agents de Scotland Yard, il fut jugé, déclaré coupable puis écroué dans la prison de Winchester, dans le Hampshire. La réclusion sectionna les derniers filaments qui le rattachaient encore à la raison. Stanton se mit à se mutiler. En deux ans, il se trancha trois doigts de la main gauche et tous ceux du pied droit. Il fut envoyé dans un asile surpeuplé et lugubre. Son père finit par s'apitoyer et le confia aux soins du docteur Pierce. Le délire de Stanton était particulièrement inhabituel. Il se croyait mort. Il sentait les vers forer sa chair et subissait les agressions de petits êtres, agiles comme des singes, constitués de parties humaines et de pièces de mitrailleuse.

De l'autre côté de la mer du Nord, dans des institutions sises à Hambourg, Leipzig ou Berlin, des cas semblables étaient étudiés et traités par des éminences telles que les docteurs Heinz, Stenheimer ou Zimmermann. Connus dans le milieu académique sous le nom de « cercle de Munich », ces collègues allemands affrontaient généralement Pierce dans de longs débats théoriques lors de congrès et de conférences ; ils étaient, comme la plupart des psychiatres européens, sceptiques quant aux effets d'un traitement par hypnose sur des patients atteints de troubles graves. Du moins était-ce le cas du docteur Günther Stenheimer, figure de proue de cette petite coterie, à la tête de la chaire de physiologie de l'université de Munich, et ancien disciple de Wilhelm Wundt (à qui il avait emprunté l'idée de fonder un laboratoire de psychologie expérimentale dans le milieu universitaire, avant de rejeter toute forme d'expérimentation au sein de l'université). Stenheimer affirmait, non sans raison, que même Freud et ses acolytes, parmi lesquels Karl Abraham et Sándor Ferenczi, avaient fini par abandonner l'hypnose, qu'ils estimaient peu satisfaisante ou insuffisante pour soigner les différentes névroses provoquées par la guerre. Le docteur Pierce entretenait avec chacun d'eux une correspondance assidue, mais Stenheimer était celui avec qui il polémiquait le plus. Une sorte de joute intellectuelle s'était engagée entre les deux psychiatres. Pierce considérait les méthodes de son collègue allemand, fondées sur la pharmacologie et l'électricité, comme inefficaces et obsolètes ; Stenheimer affirmait que celles de son collègue britannique étaient incongrues et vouées à l'échec à court terme. Les tribulations de cette bataille théorique étaient suivies de près par leurs confrères en Europe et en Amérique, et les répercussions de leurs controverses étaient diffusées dans des articles, des thèses universitaires, au cours de débats, de séminaires et de congrès. Pierce prenait note, littéralement, de chaque injure que l'Allemand lui adressait. La liste était longue. Lors d'un congrès organisé à Genève en 1920, Stenheimer avait fait allusion à lui dans les termes suivants : « Hier le docteur Edward Pierce nous éclairait au sujet de sa théorie de l'hypnose. À mon humble entendement, nous sommes en présence d'un nouveau Carl Hansen, l'illustre hypnotiseur, qui, dans ses spectacles, émerveillait le public à l'aide de numéros comme celui de l'"Homme à deux faces" – où les deux hémisphères du visage de son patient exprimaient des émotions différentes –, ou encore en poussant dans les bras de Morphée une poignée de volontaires montés sur scène. Pierce a surpassé le maître danois : en seulement huit minutes d'exposé, il est parvenu à endormir les cinquante-trois psychiatres présents dans la salle. »

Dans l'un de ses nombreux articles que publiait la presse spécialisée, Steinheimer lui fit un autre outrage en proclamant : « Avec ses élucubrations pseudoscientifiques, le docteur Pierce a réussi à fasciner une grande partie de la bonne société britannique, de la même façon que certains prestidigitateurs, usant de fabuleux tours de passe-passe, hypnotisent des poules sur scène. Je ne prétends pas par là dénigrer les poules, oiseaux à l'intellect plutôt limité, convenons-en. »

Le dernier camouflet, qui comportait un défi voilé, lui avait été infligé à peine quelques mois auparavant, dans l'intimité relative d'une réunion en la demeure du docteur Otto Rank, à Vienne : « D'aucuns affirment que l'Anglais Pierce s'apprête à commettre un livre dans lequel il fait de l'hypnose la voie de guérison des névroses de guerre. Messieurs, permettez-moi d'en douter. Nul ne saurait atteindre un tel degré de stupidité. »

Edward Pierce était persuadé qu'en répondant à l'un ou l'autre de ces affronts, il se rabaisserait au niveau de son contempteur. Le moment venu, le psychiatre – ou plutôt, ses œuvres – rendrait chacun de ces coups et de ces railleries. D'ailleurs, il préparait véritablement un livre dans lequel il exposerait sa théorie et sa méthode. Bien qu'il soit en cours d'écriture, l'Internationaler Psychoanalytischer Verlag lui avait déjà signifié son intention de le publier. Tout n'était pas perdu, pensait le docteur Pierce, après la longue descente aux enfers qu'avait été la guerre ; malgré la brutalité des échanges, ce combat intellectuel présageait, pour la psychiatrie, un saut épistémique incommensurable.

Quand Hastings pénétra à nouveau dans le bureau, il portait une blouse blanche en accord avec sa pâleur générale. L'angélus de l'éther avait sonné entre les murs de l'asile, le silence était revenu.

– Docteur Hastings, dit Pierce, notre nouveau patient attend dans la voiture. Seriez-vous assez aimable pour le conduire jusqu'à la pièce de cristal ?

Ce nom assez pompeux faisait référence à une pièce circulaire dont le plafond était une verrière. Elle se trouvait dans les profondeurs du bâtiment principal et l'on y pratiquait des consultations, des soins, et, parfois, une autopsie. Il était le seul à l'appeler ainsi. Pour tous les autres, c'était la « serre ».

Hastings acquiesça avant de quitter une nouvelle fois le bureau. Pierce regagna la fenêtre pour surveiller le cours des opérations. Quelques minutes plus tard, il aperçut Hastings qui marchait en direction de la voiture, accompagné de deux infirmières ; avant que son assistant ait eu le temps d'atteindre la poignée de la portière arrière, celle-ci s'ouvrit et une silhouette imposante, enveloppée dans un habit noir, en émergea.

– Sœur Rachel, annonça Stevenson, faisant sursauter le médecin, qui n'avait pas remarqué la présence du vieil homme dans son dos, murmurant ces mots tout près de son oreille. C'est une infirmière chevronnée. Sans le concours de ses sédatifs, nous n'aurions jamais réussi à contrôler les crises de David tout au long du voyage.

Comme si elle devinait les deux hommes tapis derrière la fenêtre éclairée à l'étage, la religieuse leva la tête. Son visage allongé, d'une extrême blancheur, faisait penser à un masque de porcelaine. Quant à ses mains, dans lesquelles le docteur Pierce distingua un étui en cuir, elles paraissaient énormes, disproportionnées, y compris à cette distance. La bonne sœur reporta son attention sur Hastings. Lorsqu'il eut enfin réussi à extraire Bradley de la voiture, Pierce s'aperçut que son nouveau patient était non seulement sous calmant mais également entravé dans une camisole de force.

– Bradley se met à nager, dites-vous ? demanda Pierce.

– C'est cela, confirma Stevenson. Comme si ça vie en dépendait.

– Suivez-moi…

Ils quittèrent le bureau, descendirent l'escalier et empruntèrent un couloir très haut de plafond et dont les murs nus semblaient se resserrer à mesure qu'ils approchaient de la pièce du fond. En chemin, Pierce eut le temps de réfléchir aux éléments fournis par son visiteur. Ce qu'il avait qualifié de « nage » n'était sans doute rien d'autre que l'un de ces violents tremblements musculaires qu'il avait déjà souvent eu l'occasion d'observer. Lorsqu'ils survenaient à un moment où le malade se trouvait sur le ventre, ils donnaient l'impression, à qui le regardait, d'avoir affaire à un nageur sorti de son élément naturel.

Ils franchirent le seuil de la pièce. Le patient avait déjà été installé sur un brancard, éclairé par un demi-cercle de lampes émaillées. Bradley, dont le visage transpirait abondamment, remuait les bras sans proférer le moindre mot. Pierce se pencha sur lui. Il constata, au premier coup d'œil, que l'état général de l'homme était lamentable. D'une extrême maigreur, les yeux caves, la tête chenue, les cheveux épars, on lui aurait donné la cinquantaine.

Le médecin ordonna qu'on lui retire la camisole de force et que tous, à l'exception de Stevenson, quittent la pièce. Après s'être exécutés, Hastings et les infirmières se dirigèrent vers la porte. La religieuse, elle, ne se sentit pas concernée. Elle était particulièrement grande, et l'habit noir qu'elle portait accentuait sa stature imposante. Elle resta debout à côté d'un paravent, son étui encore serré contre sa poitrine, les yeux rivés à l'homme sur le brancard.

– Docteur Hastings, l'apostropha de nouveau Pierce, veuillez accompagner sœur Rachel et lui attribuer une chambre où elle pourra se reposer. Elle doit être exténuée.

La religieuse pinça les lèvres et dévisagea Stevenson, qui ignora le reproche muet qui embrasait son regard.

– Le tableau accroché dans le vestibule… murmura la femme, dont la mâchoire proéminente semblait broyer ses propos.

Elle s'interrompit, ses doigts enlaçant avec plus de force l'étui qu'elle tenait toujours serré contre sa poitrine.

Le psychiatre secoua la tête, comme s'il revenait d'un lieu lointain et qu'il avait le plus grand mal à reconstituer la réalité environnante.

– Le tableau, oui. Il représente une scène de *La Divine Comédie*…

– Huitième cercle, dixième fosse, Capocchio et Schicchi, précisa sœur Rachel. Un spectacle d'une horreur inconcevable, docteur. Et qu'il ne convient pas d'afficher dans l'enceinte d'une institution psychiatrique. Bonne nuit, messieurs…

Après que la religieuse eut quitté la pièce, le docteur Pierce referma la porte derrière elle en se râclant la gorge. À ses yeux, rien n'était plus approprié que ce tableau dans l'entrée pour présider aux destinées de l'institution, mais il se garda de le dire. Tout en évitant de croiser le regard de Stevenson, il se dirigea vers une vitrine, fermée par une petite clé qui pendait à la chaîne de sa montre, l'ouvrit et consulta les étiquettes sur les bocaux. Dans le tiroir qui contenait les seringues, sous les cylindres en verre, il trouva un bout de papier portant une inscription : « L'imagination est la seule arme pour combattre la réalité. » Combien de ces petits billets, nés sous la plume prolifique d'Anne, allait-il encore découvrir dans ses tiroirs et ses poches ? Il s'empara d'une seringue, planta l'aiguille dans l'embout de verre et la remplit à moitié de la substance contenue dans l'un des récipients. Se tournant dans l'intention de poser une question à Stevenson, il préféra se retenir. Le vieil homme était assis près du brancard, le menton planté sur sa poitrine, les bras ballants sur ses genoux. Pierce l'observa un instant, puis ses yeux descendirent jusqu'à ses chaussures usées et maculées de boue. Il éprouva soudain pour cet homme un étrange mélange de pitié et de sympathie.

– Voilà qui dissipera les effets du sédatif, se justifia-t-il en injectant le liquide dans le bras droit de Bradley.

Pierce recula de quelques pas et consulta sa montre.

Dehors, le vent nocturne sifflait à travers la ramure des arbres et balayait le toit de la clinique. Le psychiatre leva les yeux. Lorsque la migraine était si intense qu'elle l'empêchait de dormir, il lui arrivait de se réfugier là-haut pour contempler les étoiles. Il sentait alors qu'une partie de lui abandonnait son corps pour s'observer de l'extérieur. Ce qu'il voyait – un homme démuni sous une verrière, torturé par un éclat de fer logé dans son crâne – le bouleversait chaque fois. Et c'était précisément dans ces moments d'agonie qu'il était traversé par des idées et des intuitions fulgurantes (ou qui le lui semblaient sur le coup, même s'il lui arrivait de les écarter par la suite). Comme si souffrir et penser étaient indissociables, formant un organisme à deux têtes, un être disjoint, qui ne parvenait à se sentir complet que lors d'instants fugaces, et toujours dans une extrême détresse. Ainsi en était-il venu à concevoir que certaines formes de folie puissent se rapprocher du vertige qui nous saisit face au spectacle de l'infini ; à ceci près, pensait le médecin, que le contemplateur occasionnel peut se détourner des astres selon sa volonté, tandis que cette même expérience, pour le malade, est incontrôlable et permanente.

C'est alors que se produisit un changement dans l'attitude de Bradley. Celui-ci émit une série de soupirs et de gémissements étouffés, cligna des yeux et remua les bras sans prendre le temps de contempler quoi que ce soit. Sa seule hâte, une fois libéré de la camisole de force, fut d'arracher ses vêtements. Le regard du docteur Pierce se détourna ensuite pour se fixer sur les yeux du patient, encore lourds de sommeil : l'un était noir, l'autre bleu foncé. Pierce savait que la couleur des yeux est déterminée par la quantité et la distribution de mélanine dans l'iris, et que l'hétérochromie, à l'origine des yeux de couleur différente, est congénitale ou acquise, dans ce dernier cas à la suite d'un traumatisme ou d'une hémorragie. Mais ce ne sont pas que les yeux qui attirèrent l'attention du psychiatre. Le torse, le dos et les bras du patient étaient couverts d'hématomes et de blessures :

celles-ci, éparpillées en une constellation cramoisie sur la pâleur de son corps, étaient de petites marques rougeâtres semblables à des morsures.

Peu après, Bradley s'allongea sur le ventre et lança son bras droit en arrière. Puis, non sans peine, il le projeta en avant, exécutant ce qui, en effet, pouvait passer pour un mouvement de *crawl*. Il réalisa aussitôt le même mouvement du bras gauche. Ses jambes montaient puis descendaient, suivant un rythme particulier, synchronisé, et de sa bouche s'échappait un sifflement rauque, un râle pour ainsi dire, comme si ses poumons n'expulsaient pas de l'air mais des pierres et du sable. C'était déconcertant à l'extrême : l'ingénieur donnait l'impression d'un automate bardé d'engrenages invisibles, un Lazare mécanique qui, sous une coupole de verre, fuyait la mort à la nage.

David Bradley nagea pendant des heures.

Au petit matin, épuisé, il s'évanouit.

II.

JOURNAL DE L'INGÉNIEUR DAVID BRADLEY

… voue-le à l'anathème avec tout ce qu'il possède, sois sans pitié pour lui, tue hommes et femmes, enfants…

Premier Livre de Samuel, 15:3

… je t'abattrai et je te couperai la tête.

Premier Livre de Samuel, 17:46

Ushuaia, 7 juillet 1922

La traversée depuis Buenos Aires a pris plus de temps que prévu. J'ai débarqué dans le port d'Ushuaia six jours après la date fixée. Ce retard inattendu m'exaspère. Il pourrait donner une image erronée de ma personne. Je suis un homme ponctuel et méthodique. Quiconque me connaît pourra en témoigner.

Sur le quai enneigé, je suis reçu par un fonctionnaire corpulent et affable. Uribe me souhaite la bienvenue dans un anglais hésitant. Puis, d'un claquement de doigts, il appelle un jeune homme conduisant une charrette, lui indique où déposer mes bagages, et nous nous mettons en route.

Nous nous engageons dans une ruelle escarpée. De temps à autre, Uribe tourne la tête et m'observe. Il tousse, halète, sourit, fait une halte. Il pointe du doigt un bâtiment rouge.

– *Penitentiary, penitentiary!* s'écrie-t-il, plein d'entrain.

Je repense alors à l'avertissement du consul à Buenos Aires : « La prison et Ushuaia sont indissociables. Toute activité dépend du pénitencier. »

Le bâtiment est cerné de tours de guet et de barbelés. Des gardes en font le tour, fusil à l'épaule. Tout à coup, un portail s'ouvre : la prison crache un train à voie étroite, identique à celui que l'on employait à l'arrière pour acheminer les provisions et les munitions. Les wagons, bas et ouverts, sont remplis de détenus et de gardes. Un prisonnier m'observe au passage, trace du doigt un signe incompréhensible en l'air. Le train, laissant filer sa fumée, s'éloigne en direction de la forêt.

Nous atteignons un bâtiment adossé à la prison. Nous montons un escalier avant de pénétrer dans une pièce mal chauffée, aux murs dégradés par l'humidité. De part et d'autre de la fenêtre donnant sur la baie, deux scribes s'adonnent à leur tâche. Sous leurs manteaux noirs et leurs casquettes défraîchies, ils se ressemblent, quoique de façon asymétrique. Ce qui abonde chez l'un est réduit chez l'autre. Le premier est obèse, ses yeux sont exorbités et son nez camus ; le second est rachitique, ses yeux sont creusés et son nez aquilin. Rivés à leurs pupitres, ils consignent dans leurs registres des noms, des numéros, des signes indéchiffrables. Seuls se font entendre en ces lieux le vent et le frottement des stylographes sur le papier. Ils n'ont pas l'air vieux, mais antiques, pareils à des moines médiévaux. Qui sait s'ils n'écrivent pas depuis la nuit des temps et s'ils ne resteront pas là jusqu'à l'Apocalypse.

Uribe demande le rapport et les documents pour signature. Le plus mince des deux pointe un doigt en direction d'un grand classeur. Les mains du fonctionnaire fouillent dans les tiroirs et en tirent une liasse de feuilles. Il me tend les papiers, j'y appose ma signature. Uribe s'assure que tout est en règle avant de lâcher :

– Avons-nous des nouvelles de Burkhart ?

Aucun des deux scribes ne répond. Je m'apprête à demander qui est Burkhart, mais Uribe, me devançant, s'efforce de me renseigner :

– Burkhart est le capitaine du navire qui vous conduira à l'œil de Goliath.

Ma perplexité le pousse à m'en dire davantage.

– C'est ainsi que l'on nomme le phare, ici, à Ushuaia : l'œil de Goliath, ou Goliath tout court, déclare-t-il dans un mélange d'anglais et d'espagnol et sur un ton d'une incompréhensible cocasserie, qui me paraît alors témoigner de sa bêtise.

Je proteste : il doit y avoir méprise. Ma première destination, me semble-t-il, est le phare de l'île Observatorio. Uribe invoque un changement de programme. J'exige de savoir d'où viennent les nouvelles directives.

– Je n'apprécie pas les changements de dernière minute, commenté-je plus calmement.

– Sachez, ingénieur, que les changements de dernière minute sont monnaie courante dans ce pays. Nous autres subalternes – le fonctionnaire insiste sur ce mot – faisons de notre mieux pour nous adapter aux circonstances.

Uribe jette un coup d'œil à sa montre.

– Je vous accompagne jusqu'au bateau, dit-il. Vos bagages doivent déjà se trouver à bord.

Nous quittons le bâtiment et rebroussons chemin en direction de l'embarcadère. Nous passons à nouveau devant la prison. Dans son anglais hybride, rugueux, Uribe soutient que le pénitencier est un modèle du genre. Courroucé, je ne dis mot. Mon indifférence suscite en lui un dédain inversement proportionnel, aimable et loquace. Non sans difficulté, je commence à déchiffrer ses explications : la prison est divisée en cinq pavillons disposés en cercle. Dans le premier sont enfermés les condamnés pour vol avec ou sans violence ; dans le deuxième, ceux pour fraude et escroquerie ; dans le troisième, les prisonniers atteints de maladies contagieuses ; dans le quatrième, les meurtriers ; dans le cinquième, les invertis, les révolutionnaires, les anarchistes... Les pavillons comptent tous deux étages. Chaque étage comprend trente-huit cellules, mesurant chacune quatre mètres carrés. Les murs font soixante centimètres d'épaisseur. Il y a aussi une bibliothèque, une infirmerie. Ainsi que des ateliers de ferronnerie, de mécanique, de menuiserie. Avec son éternel sourire, Uribe précise :

– À la menuiserie, les détenus fabriquent leurs propres cercueils.

Le bateau qui me conduira à destination, le *Wulaia*, mouille à l'extrémité du quai. Uribe met ses mains en porte-voix pour héler un matelot. Une tête surgit au-dessus du bastingage ; le matelot nous informe que le capitaine n'est pas encore rentré.

– Bon voyage, ingénieur. Passez le bonjour à Evans de ma part, lance Uribe en me pressant vers la passerelle.

Il s'éloigne à la hâte, sans se retourner.

Ma cabine est exiguë. Mes bagages sont bien là. N'ayant rien de mieux à faire, je m'assieds sur la couchette et ouvre la liasse de documents qui m'a été confiée. Je découvre un plan du phare et le dernier rapport succinct concernant son état, signé par l'ingénieur Téofilo Bustos en novembre 1917. Personne n'a pensé à le traduire. Malgré cela, grâce à mes quelques notions d'espagnol et au dictionnaire bilingue que j'ai pris avec moi, je parviens à le déchiffrer.

Le phare – une tour en granit de trente mètres qui « émerge tel un cyclope insomniaque de l'océan », note mon prédécesseur – est situé à cent quinze milles nautiques à l'est d'Ushuaia, dans le détroit de Le Maire : 54° 38' 17" de latitude sud, 64° 51' 28" de longitude ouest. Il a été érigé sur un rocher inhospitalier et escarpé, l'îlot Willem-Schouten.

« Les installations ont souffert ces dernières années d'importantes défaillances nécessitant un examen approfondi », mentionne Bustos dans son rapport. Il en dresse la liste : déchaussements, déformations, infiltrations. Et surtout : « Une fissure d'un demi-pouce au pied de la tour, visible au niveau du dépôt de charbon. » La dernière remarque, sans lien direct avec l'état du phare, retient plus particulièrement mon attention : « Ajoutons à la détérioration matérielle le désordre spirituel de l'élément humain responsable du site. »

Une observation pour le moins étrange dans un rapport technique. Ma traduction, hâtive et forcément rudimentaire, pourrait bien ne pas être tout à fait exacte.

La torpeur me gagne peu à peu.

Je rêve d'un bateau débordant de lits d'hôpital. D'une bonne sœur qui me donne la becquée. D'un revolver dissimulé parmi des instruments de mesure, au fond d'une malle. D'une ville, mélange de Londres et d'Édimbourg…

Une porte qui claque m'arrache au sommeil. Quelqu'un s'est introduit dans ma cabine. Sous le linteau apparaît un homme élancé, noueux, à la barbe épaisse, aux yeux verts, au visage allongé. Une entaille lui barre le front. Du sang coule de sa blessure, souillant son visage, sa barbe, sa veste. Burkhart, j'imagine. Le capitaine m'observe, déconcerté, chancelant. Il murmure quelques mots, porte deux doigts à sa visière. Puis je l'entends qui s'éloigne, d'un pas mal assuré.

Plus tard...

Au lever du jour. Je sors prendre l'air sur le pont. Il n'y a aucun bruit, aucune agitation. La neige a cessé de tomber. Les toits, les forêts, les montagnes, tout est blanc. Le silence, pareil à une substance visqueuse, enveloppe cette blancheur spectrale. Sous le halo de la lune entre deux nuages, la neige se pare de reflets bleutés. Les cheminées de la prison crachent une fumée âcre. Soudain on ouvre une porte de service. Deux gardes en sortent. Chacun mène une mule par la bride ; chaque bête est attelée à un traîneau ; chaque traîneau porte un cercueil. L'obscurité les engloutit. Ils émergent un peu plus loin, éclairés par un réverbère de la ruelle qui longe le front de mer. Hommes, mules et boîtes progressent lentement, en direction de l'ouest, creusant des sillons dans la neige.

J'entends des pas dans l'escalier. Burkhart. Un bandeau autour du crâne, légèrement plus sobre.

Le capitaine se penche sur la rambarde.

– On appelle les phares construits en haute mer les « enfers », lâche-t-il ; on trouve ensuite les « purgatoires », plus proches des côtes ; enfin, les « paradis », érigés sur la terre ferme. L'œil de Goliath est aux avant-postes des enfers. C'est l'« enfer ultime ». Mais d'après ce que j'en sais, vous vous êtes déjà trouvé dans un lieu semblable : le front occidental.

– Je vois que les nouvelles vont vite.

Nous nous serrons la main.

– Je sais ce que qui vous tracasse, ingénieur. Non, je ne suis pas allemand. Mon père l'était. Un parfait Bavarois, l'image même du Bismarck rural tyrannique, dit le capitaine en ébauchant un sourire, avant de poursuivre : Les plaies sont encore vives et le resterons, j'imagine, pendant longtemps. Je suis argentin, moi, ingénieur, prenez-le comme vous voulez. Mon frère l'était, allemand. Faux : c'était un Argentin, né à Buenos Aires, mais il s'était mis en tête de devenir allemand, ce qu'il a fait. Faut dire que la tâche est moins ardue qu'il n'y paraît. Il suffit pour cela de cultiver une certaine rigidité mentale et faire de la discipline une profession de foi. Rodolfo, mon frère, est allé jusqu'à changer de nom pour prendre celui de Rudolph Burkhart. Il faisait plus allemand que l'empereur Guillaume, c'est dire. Il s'est enrôlé auprès de l'ambassade et s'en est allé combattre au nom de ce *Vaterland* dont il n'avait jamais, jusqu'alors, foulé le sol. À vrai dire, moi aussi j'ai été sur le point de m'enrôler, avant de retrouver mes esprits et de comprendre qu'il m'importait peu de savoir où j'allais mourir, à condition que je sois arrivé au grand âge, la tête pleine de souvenirs.

L'haleine de Burkhart réchauffe la pièce. Son anglais est correct, archaïque par moments, comme s'il avait beaucoup lu Shakespeare ou Milton.

– Avez-vous faim ? demande-t-il soudainement. Suivez-moi.

Nous plongeons dans les entrailles du bateau. Dans la cuisine, Burkhart sort d'un placard quelques salaisons, des biscuits, une bouteille de whisky. Un seul verre.

– Que vous est-il arrivé ? dis-je en désignant son front.

– Ce n'est rien. Un échange de points de vue avec un Chilien. Il voulait dormir avec sa femme, et moi aussi.

Burkhart coupe quelques tranches de viande. Tousse. Jette un coup d'œil à la bouteille.

– À quelle heure allons-nous partir ? demandé-je.

– Demain matin, si la météo le permet.

– L'inspection ne m'occupera pas plus de trois jours. Vous pourrez alors venir me chercher.

– L'optimiste que voilà ! s'exclame le capitaine. Dans cette région du globe, fixer un calendrier relève au mieux de la naïveté, au pire de l'arrogance. L'océan n'a que faire de nos aspirations…

Puis il éclate de rire, comme s'il incarnait toutes les mers du monde. Il précise qu'accoster sur ce rocher, l'îlot Willem-Schouten, est une entreprise risquée.

– L'œil de Goliath n'est pas un phare quelconque, ingénieur. On ne vous l'a pas dit ? J'imagine qu'on ne vous a pas plus parlé d'Evans…

Il lorgne de nouveau la bouteille. Il a les mains qui tremblent.

– Uribe l'a évoqué succinctement. Qui est-ce ?

– C'est le gardien du phare.

– Vous voulez dire que le phare est en activité ?

– Personne n'y a mis les pieds depuis longtemps, répond-il, changeant aussitôt de sujet. Avez-vous été blessé à la guerre, ingénieur ?

Sa question me désarçonne. Je hoche la tête avec perplexité, ce qui peut vouloir dire tout et son contraire.

Un ange passe. Soudain Burkhart lâche dans un murmure :

– Le Fokker que pilotait mon frère a été abattu au-dessus de la France. Il n'a pas survécu. Il n'a pas eu la même chance que vous, ingénieur.

La chance. Pourquoi pas ? Je tends la main pour attraper la bouteille et la penche aussi lentement que possible au-dessus du verre. Le son évocateur rebondit sur les murs de la cabine, se faufile comme une vipère ambrée jusqu'au tréfond du cerveau du capitaine.

– Vous m'accompagnez ?

Burkhart résiste à la tentation. Il se lève, fait quelques pas autour de la table. Bredouille des chiffres, des années, des mois. Peut-être tente-t-il d'établir avec précision la date à laquelle le phare a été abandonné.

Sans succès.

– Un phare hors service n'est pas très utile, vous ne croyez pas ? reprend-il. Une tour abandonnée au milieu de l'océan est un non-sens, une aberration…

– Je ne comprends pas ce qui pousse votre gouvernement à réhabiliter cet endroit. Le phare qui se trouve sur l'île Observatorio est en activité.

– Mon gouvernement ? Je n'ai pas de gouvernement, moi : je suis un mercenaire. Quoi qu'il en soit, je crois que ce n'est pas l'Argentine qui souhaite réhabiliter le phare sur l'îlot Schouten. Certaines sociétés scientifiques, parmi lesquelles la Société royale de géographie de Londres, s'imaginent relancer les expéditions en Antarctique. Pour cela, elles ont demandé la remise en service du phare. De sorte que c'est *votre* gouvernement, ingénieur, ainsi que les Belges, les Norvégiens et les Hollandais qui ont estimé que le phare de l'île Observatorio serait incapable de répondre aux besoins futurs du trafic maritime et qui ont insisté, comme savent le faire les puissants, pour que soit réhabilité l'œil de Goliath. Toujours est-il que, tôt ou tard, la Marine argentine devra faire face au même problème que par le passé, avant le début de la guerre : personne ne veut occuper le poste de gardien de phare. À l'époque les hommes désignés tombaient malades au dernier moment, prenaient un congé ou demandaient leur transfert. Personne ne veut échouer dans ces phares en haute mer, ces « enfers ». Lorsqu'à Ushuaia, on a eu vent des difficultés rencontrées par la Marine pour pourvoir le poste, le directeur de la prison a eu la bonne idée de trouver un candidat parmi les détenus. Entre vous et moi, je crois savoir que lui et le gouverneur de la province ont été grassement récompensés pour leur initiative – Burkhart sourit, passe sa main sur son front, là où le bandage imbibé de sang lui colle à la peau. On a ouvert le poste aux plus compétents, un groupe très limité, vous imaginez bien. Malgré une réduction de peine accordée à qui accepterait, les candidats ne se sont pas bousculés au portillon. L'esprit grégaire prévaut, y compris chez les détenus. Il en fallait bien un, d'une façon ou d'une autre, qu'il le veuille ou non. Contre toute attente, l'un d'eux a accepté : Juan Evans. Evans était naturaliste, professeur à l'université de Buenos Aires. Il purgeait une peine à perpétuité pour le meurtre de son épouse et de sa fille. En juin 1911, deux policiers s'étaient rendus à son domicile à la suite du signalement d'un voisin qui avait constaté un changement de comportement chez le professeur. Ils avaient découvert la femme et la fille, mortes et embaumées, assises à une table dressée pour le thé.

Le capitaine interrompt son récit. S'attend-il à une remarque de ma part ? Je plante mon couteau dans un morceau de viande.

– Avant de convoler en justes noces, reprend-il, Evans avait mené une vie d'aventurier : il avait arpenté le Chaco et la forêt des missionnaires, où il avait découvert de nouvelles espèces de papillons. Il a accepté d'endosser la fonction de gardien du phare à condition de recevoir un équipement complet de taxidermiste. Parce que son affaire avait été amplement rapportée par la presse nationale, les autorités ont longuement hésité avant d'accéder à sa demande. Elles ont fini par donner leur accord. Qui aurait pu y voir un inconvénient ? Cependant, il n'était pas exclu qu'un reporter s'intéresse au sort d'Evans dans le pénitencier de Terre de Feu. Si le cas devait se présenter, on annoncerait au fouineur que le prisonnier était mort. On est allé jusqu'à faire creuser une tombe factice dans le cimetière d'Ushuaia, et on y a planté une croix à son nom. De sorte que, au terme d'une brève période d'instruction dispensée par un opérateur de la Marine, Evans a été transféré sur l'îlot. Lorsque nous assurions encore le réapprovisionnement du phare, je lui faisais parvenir des livres, des journaux et des fournitures pour son travail de taxidermie : tiges métalliques, sel, yeux de verre… Un jour, à Punta Arenas, j'ai pu me procurer, à un prix convenable, un lot de boîtes entomologiques contenant des papillons, sa spécialité, parmi lesquels se trouvait l'une des espèces qu'il avait découvertes dans la forêt. Je lui en ai fait cadeau lors de mon voyage suivant. Il était reconnaissant, ému presque. Pendant plusieurs années, il a exercé avec diligence ses fonctions de gardien à l'Œil de Goliath. Il y habitait seul, comme un ascète, comme un saint…

Cette dernière comparaison m'arrache un sourire. Burkhart ne cache pas son agacement.

– Un saint, oui, répète-t-il avant de hausser la voix : Qu'est-ce qu'un saint, ingénieur, sinon un grand pécheur contrit ?

– Les actes passés de cet homme ne me regardent pas, rétorqué-je.

Burkhart se fait plus agressif :

– Bien entendu. Pour les gens comme vous, une tour est une tour et un assassin reste un assassin, y compris lorsque cette tour se dresse au beau milieu de l'océan et que l'assassin a purgé sa peine depuis longtemps. Mais pour celui qui doit y séjourner, seul, en proie aux éléments et aux prises avec son passé et ses fantômes, cette tour est sans doute tout autre chose. Evans refusait de revenir à terre. Il savait qu'il lui fallait dompter le phare comme on apprivoise la bête que certains hommes portent en eux. Evans était un saint, n'en doutez pas. Un saint moderne. Quant à vous, ingénieur, je regrette que même la guerre ne soit pas parvenue à vous inculquer un minimum de compassion…

Burkhart tend la main et attrape la bouteille. Comme par réflexe. Il la porte à ses lèvres et boit, sans dévier de son sujet. À mesure que le whisky disparaît, ses propos deviennent confus. Les éloges décernés au gardien du phare n'ont plus cours ; le saint est ravalé au rang de criminel, le capitaine le décrit maintenant avec suspicion et animosité, usant de termes proches de la détestation.

– De toute façon, ça n'a plus d'importance, conclut-il. Evans est mort. C'est moi qui l'ai trouvé. Une odeur de pourriture m'a frappé comme une masse au moment où je suis entré dans le phare. Il était affalé dans la lanterne. Les oiseaux lui avaient mangé les yeux et une partie du visage.

Le capitaine ne m'inspire pas confiance. Qu'il est triste, le spectacle des faiblesses humaines. Et plus encore chez ces gens qui devraient faire preuve de tempérance.

8 juillet

J'ai dormi profondément. Au point de rater le départ.

Le jour se lève. La mer est calme. Les contours du port disparaissent au loin.

Je retrouve Burkhart sur le pont. Ses yeux scrutent l'horizon.

– Je vous demande pardon pour le coup de sang d'hier, dit-il. J'ai oublié de vous prévenir, ajoute-t-il aussitôt, sur place, méfiez-vous des *williwaws.* Ce sont des rafales de vent soudaines qui descendent vers la mer. Lorsqu'on se tient debout sur une pierre mouillée recouverte de fiente d'oiseaux, elles peuvent s'avérer dangereuses…

– J'en tiendrai compte, capitaine, merci. Je réaliserai mon travail jusqu'à ce que vous veniez me chercher, dès que la mer ou d'autres circonstances le permettront : je ne voudrais pas paraître trop optimiste ou prétentieux, conclus-je en une allusion à sa remarque d'hier.

Burkhart esquisse un sourire.

– Après vous avoir débarqué, je pars récupérer une cargaison à Punta Arenas. Je ne pourrai pas revenir avant une semaine, voire une semaine et demie.

Je fais en sorte de dissimuler mon découragement.

Tout à coup, le capitaine semble inquiet.

– Le ciel se couvre. Nous allons avoir mauvais temps…

Plus tard…

Ces mots ont réveillé un monstre endormi. À partir de midi, le vent et la pluie s'abattent contre le navire. Le *Wulaia* gîte à bâbord et à tribord. La proue se soulève et retombe au milieu des trombes d'eau ; des vagues immenses balayent le pont. Je me suis toujours targué d'être aussi à l'aise en haute mer que sur la terre ferme, mais il m'a fallu m'enfermer dans ma cabine, malade comme un chien.

Je reste allongé, immobile, sans prêter attention au temps qui passe. Soudain le capitaine apparaît. Je dois me préparer. Il est de nouveau ivre, pensé-je. La fureur des flots, loin d'avoir décliné, s'est intensifiée.

Burkhart devine tout de suite mes protestations.

– Ingénieur, ceci n'est qu'un crachin. D'ici quelques heures, une fois la nuit tombée, lorsque les conditions se seront dégradées, il nous sera impossible de tenter de débarquer.

Je me hisse jusqu'au pont en titubant. Ce qui pour le capitaine est un simple crachin me semble, à moi, une authentique tempête. J'aperçois au loin, au milieu de la houle, le rocher étouffé par les oiseaux. Les volatiles s'entassent entre les pierres, sans trouver de repos. Le remous à la surface et le tangage du bateau donnent l'impression que l'îlot se déplace, qu'il nous sera impossible de l'atteindre.

Après avoir formulé ses dernières recommandations, Burkhart m'ordonne de monter à bord d'une baleinière. Le canot est alors mis à l'eau, mais la violence de la houle complique la manœuvre. Sur le pont, les hommes s'occupent des réas comme des poivrots sur une patinoire. Enfin, la baleinière touche la mer. Ramant vigoureusement, les marins parviennent à nous éloigner du flanc du navire. Le capitaine crie une dernière fois, la bourrasque noyant sa voix.

La distance jusqu'au rocher est considérable. La baleinière gravit les crêtes et dévale des pentes d'eau vertigineuses. La mer écumante laisse émerger des rocs comme des dents. Par trois fois nous tentons l'accostage, et trois fois le courant nous repousse. Tout à coup, le vent retombe. Protégés par cette accalmie provisoire, nous parvenons à approcher du quai : une construction élémentaire sur un socle en pierre. Je grimpe à l'échelle, glissant sur les marches trempées. Nous en profitons pour décharger des provisions et deux tonneaux d'eau potable. Jusqu'à ce que l'océan nous fasse payer cette brève parenthèse : une vague noire s'élève en provenance du sud, soulevant la baleinière et l'emportant loin en mer.

Je jette un dernier coup d'œil au *Wulaia*. On dirait un jouet dans l'eau. Je traîne les provisions hors du quai jusqu'à leur trouver un abri derrière un gros rocher. Porter le tout jusqu'au phare est, à cet instant, au-delà de mes forces. Je reviendrai chercher les vivres demain. J'attrape mon sac marin et la malle avec mes instruments. Un escalier taillé dans la roche mène au phare au milieu d'un amas confus d'oiseaux, de plumes et d'excréments.

J'entreprends l'ascension non sans difficulté. Je suis pris de vertige et de nausée. Le sol s'enfonce sous mes pieds. La pluie tambourine sur les marches. Je trébuche, et tombe par deux fois. De chaque côté, serrés contre la roche, des cormorans et des goélands s'agitent, inquiets. Je poursuis, et m'étale une troisième fois. L'air commence à manquer. Je finis le trajet sur les rotules, tirant le sac et la malle derrière moi.

J'atteins enfin le pied du phare. La porte métallique cède à grand-peine. Je lève les yeux. À l'intérieur, l'escalier en colimaçon se perd dans l'obscurité. Faisant un ultime effort, je décide de m'y engager. Je soulève la trappe qui permet l'accès. Je pénètre dans un pandémonium de battements d'ailes et de jacassements. En agitant un morceau de bâche trouvé par terre, je parviens à chasser certains oiseaux à l'étage supérieur. D'autres demeurent perchés sur les saillies des murs. Il me faut plusieurs secondes pour comprendre qu'ils sont empaillés.

J'aperçois sur la table une lampe à pétrole. Je l'allume. La lumière dévoile deux portes qui se font face, séparées par un salon circulaire. Celle de gauche ouvre sur une chambre à coucher. Je m'affale sur un lit de camp, je me glisse sous la bâche, je ferme les yeux.

J'ai la tête qui tourne.

Je finis par perdre connaissance.

L'Œil de Goliath, 9 juillet

Un hurlement m'arrache au sommeil : *penitentiary, penitentiary!* Je me suis imaginé qu'Uribe m'avait suivi jusqu'au phare, qu'il se trouvait ici, à côté du lit de camp, et non dans le rêve qui commence à se dissiper.

La nuit a été déplorable. C'est à peine si j'ai fermé l'œil, les maux de cœur, le bruit du vent, celui de la houle, les cris des oiseaux me réveillant à chaque instant. Dans le noir, j'ai cru sentir le phare ployer au milieu de la tempête.

J'émerge de ma léthargie tard dans la matinée. La lumière du soleil filtre à travers une lucarne située très haut. La chambre dans laquelle j'ai trouvé refuge a la forme d'un trapèze imparfait. Un lit de camp, une table, une chaise, une armoire. Rien de plus. À Bell Rock, à Corsewall, à Sumburgh, à Girdle Ness, ou dans n'importe quel phare des côtes d'Écosse, l'inconfort est le même. Cela ne me surprend pas. Ici, comme partout ailleurs dans le monde, des fonctionnaires et des officiers, convaincus que le confort est source de distraction et de laisser-aller, estiment qu'une telle incommodité est obligatoire.

Malgré cette mauvaise nuit, je me sens suffisamment bien pour quitter la chambre. La pièce circulaire dans laquelle je me trouve fait office de cuisine, de salle à manger et de cellier. En face, l'autre porte donne accès à une deuxième chambre, en tous points semblable à la première : c'est celle d'Evans. Il y a là des vêtements éparpillés, des objets abandonnés, comme s'ils attendaient le retour de leur propriétaire. Je referme la porte. Sur les murs du salon, trois embrasures dispensent une faible lumière. Le lieu est parsemé de plumes que le vent trimballe d'un bout à l'autre de la pièce. Une pile d'assiettes et des gobelets en laiton croupissent dans un coin de la cuisine. Sur les étagères s'entassent des bouteilles vides et d'autres au contenu incertain. Une table et trois chaises meublent le centre de la pièce. Près d'elles se dresse une horloge de parquet arrêtée. Dans une niche entre deux embrasures se tient une Vierge en plâtre. La statuette dégage quelque chose d'étrange, d'imprécis. Je m'approche : ses yeux ont été rayés. Par ailleurs, il lui manque deux doigts à la main gauche. Le long du mur concave, je compte sept oiseaux empaillés sur leurs perchoirs. Certains sont au repos, d'autres ont les ailes déployées, ils semblent veiller sur la Vierge. Partout, des boîtes et des coffres remplis d'outils, de clous, de bobines de fil de fer, de pièces de rechange pour le mécanisme de la lanterne, de bougies, d'instruments météorologiques, de jumelles, d'un mauser, de munitions, de matériel de pêche et de tout un tas d'objets en vrac. Une cantine plus grande contient les accessoires de taxidermie d'Evans. Ici le moindre instrument – scalpels, pinces, ciseaux – est rangé avec un soin harmonieux, tout comme les bocaux de produits chimiques et les yeux de verre : des jaunes, des rouges, des ocres.

Tandis que je gravis l'escalier métallique qui mène à la salle des machines et à la lanterne, mes pas font fuir les oiseaux qui y nichent, les précipitant au-dehors à travers une porte qui ouvre sur le balcon. Le mécanisme est rongé par la rouille. Les panneaux de verre, fêlés ou brisés, sont souillés d'excréments et de grandes traces de sel.

De retour dans la salle, j'ouvre la trappe donnant accès à l'escalier, dans lequel je m'engage avant de m'arrêter quelques marches plus bas. Le soleil perce les murs à travers les embrasures. À mesure que je descends, la lumière perd en intensité, comme si je m'enfonçais dans les profondeurs de l'océan. Je suis frappé par un détail qui hier, plongé dans le noir, m'a échappé : sur les murs, en suivant la spirale de la tour, sont suspendues des croix disparates de différentes dimensions. Certaines sont en bois, en métal ou en corde ; d'autres faites de coquillages et d'arêtes de poissons. L'une d'entre elles, fabriquée à partir de deux côtes de baleine, détonne. Beaucoup sont gravées directement dans la pierre.

Arrivé en bas, je pousse la porte, laquelle s'ouvre dans un grincement prolongé.

À la lumière du jour, l'îlot semble plus petit que vu du navire. Aux abords de la porte en métal, des marches taillées dans la roche mènent à l'embarcadère. À partir du pied du phare, le terrain accuse une forte déclivité, qui, en pénétrant dans l'eau, se brise en arêtes tranchantes. Dans cette pente nichent des oiseaux : par centaines, serrés les uns contre les autres, criant et souillant la roche de leurs déjections. Certains sont énormes. Lorsqu'ils déploient leurs ailes, ils m'évoquent d'hallucinantes bêtes préhistoriques.

Je contourne la tour vers le sud. De l'autre côté, le terrain est plat et mène à une falaise haute de soixante-dix ou quatre-vingts pieds. La pierre y est poreuse, semée de cratères : un paysage lunaire infesté de crabes.

Je reviens sur mes pas en direction de l'embarcadère afin d'aller récupérer mes provisions. Il me semble les avoir mises à l'abri, mais la tempête a pratiquement tout emporté. Je ne parviens à récupérer qu'une douzaine de conserves, une livre de viande de porc salée, un sac de biscuits, du sucre, du café, un tonneau d'eau potable. D'autres vivres sont conservés à l'intérieur du phare : un demi-sac de riz, un peu de farine, une bouteille d'eau-de-vie.

Je consacre une partie de la journée à calfeutrer les vitres brisées. Je compte aussi me servir d'un poêle et des quelques livres de charbon dénichées. Mais uniquement la nuit, quand le froid est le plus mordant.

Je m'occupe ensuite de rendre au lieu une certaine dignité. J'organise le cellier, je nettoie la salle des machines et la lanterne, j'ordonne mes bagages : quelques vêtements de rechange, les instruments de mesure, mon revolver et un volume de Coleridge, que je ne me rappelle pas avoir glissé dans ma valise. Deux entailles profondes marquent la couverture en cuir vert.

11 juillet

Je n'ai pas écrit depuis deux jours.

Mon inspection donne lieu à des constats alarmants.

La fissure mentionnée dans le rapport de 1917 est devenue une brèche large d'un pouce et quart. Je remarque, par ailleurs, une deuxième fissure à la base, à droite de la porte d'accès, dissimulée derrière des barils de pétrole vides. À l'époque, Bustos a dû passer à côté ; ses dimensions indiquent que ce dommage n'est pas récent. Tous les autres sinistres – infiltrations, décollements, affaissement des poutres – se sont dégradés avec le temps.

Conclusion : la détérioration générale évolue rapidement et il conviendrait de l'enrayer d'urgence avant que la structure ne subisse des dommages majeurs.

La lanterne et la salle des machines font l'objet d'un commentaire à part. Les engrenages du moteur sont encrassés de rouille. La cuve à mercure, vide. L'optique – une Barbier-Turenne, de fabrication française – se trouve dans un état désastreux : les lentilles manquent ou sont brisées, et l'ensemble est imprégné de sel et d'excréments. Probablement irrécupérable.

À mon avis, l'état de dégradation du matériel n'est pas seulement la conséquence du manque d'utilisation. Ici, la négligence a fait son nid.

Conclusion : la remise en service du phare exige des réparations structurelles, ainsi que le remplacement du moteur et de la lentille.

Demain je procéderai à une seconde inspection.

J'ai de longues journées devant moi et tout mon temps pour rédiger mon rapport. Il me suffira ensuite, à Ushuaia, de le mettre au propre.

12 juillet

Jour de grisaille et de grand vent. Le nouvel examen m'occupe toute la journée. Reproduire les mêmes gestes, reprendre les mêmes mesures pour parvenir aux mêmes résultats me donne une sensation d'irréalité. Comme si la journée d'hier se répétait et qu'un double de moi-même imitait chacune de mes actions, en réprimant un sourire moqueur.

Mes calculs sont justes. Je n'ajoute rien, ne corrige rien.

Je me mets à rédiger mon rapport.

La nuit s'installe à dix-sept heures trente. C'est alors que le vent redouble d'intensité. Il retombe aux alentours de minuit. Un épais brouillard emprisonne l'îlot. Inquiets, les oiseaux s'agitent sous la brume. Les ombres de ceux qui nichent dans le phare – les gardiens ailés de la Vierge – envahissent la salle en pierre.

Après avoir dîner, je pars me coucher à côté du poêle. Impossible de trouver le sommeil. Je ne m'habitue pas au vacarme incessant des oiseaux.

J'ouvre le livre de Coleridge. Un ex-libris orne la première page : il représente un sablier et un squelette. La Mort, adossée au temps, a délaissé sa faux, absorbée dans la lecture d'un livre. En dessous, la légende *Homo Viator* précède les initiales *W.B.*

J'en lis quelques pages avant de le refermer. Je ne m'explique pas comment ce volume s'est retrouvé dans ma valise. Je n'aime ni la poésie ni les romans : des travers oiseux…

Je me lève, me prépare du café. Une petite clé est accrochée à l'intérieur de l'horloge. Je remonte le mécanisme, tourne les aiguilles, lance le balancier. L'horloge se met en marche.

Comme il est bon d'entendre autre chose que le vent, la houle, les oiseaux, fût-ce le modeste tic-tac d'une pendule.

À l'aube, les oiseaux s'apaisent. Ce sont les heures les plus silencieuses, le seul moment où je parviens à dormir.

Deux heures de sommeil.

Sitôt réveillé, je sors me dégourdir les jambes.

À l'autre extrémité de l'îlot, l'activité bat son plein. Les crabes émergent de leurs cratères. Arpentent l'étendue pierreuse, s'affrontent en combats singuliers, tels les Troyens et les Achéens sur la plaine d'Ilion. Un cormoran prend son envol, attrape un crabe, s'élève jusqu'à une hauteur considérable et laisse choir sa proie sur les rochers. L'impact brise la carapace ; l'oiseau plonge son bec dans la chair.

Assis sur l'esplanade, je m'attarde à contempler les oiseaux en quête de leur pitance. Puis je me rapproche de la falaise. Avant d'en atteindre le bord, sur la droite, j'aperçois un monticule de pierres et une croix tordue : la tombe d'Evans.

Je viens de me rappeler le récit de Burkhart, qui a découvert le cadavre du gardien dans la lanterne, les yeux et le visage dévorés par les oiseaux. Le capitaine a décidé de l'enterrer ici, sur l'îlot. Je m'interroge : la direction de la prison n'était-elle pas tenue de certifier le décès du bagnard ? Est-ce que le témoignage du capitaine et de l'équipage a suffi ? Sans doute. Dans ce cas, Burkhart n'était pas obligé de transporter le cadavre sur le continent. Du reste : qui l'aurait fait ? Pour quelle raison ?

Toujours est-il que je ne m'attendais pas à voir sa sépulture ici.

Sur la croix n'apparaît aucune date. Seul son nom de famille, gravé dans le bois.

Je repars en direction du phare lorsque soudain j'entends un bruit de pierres qui roulent. De la tombe s'échappe un énorme crabe rouge.

Plus bas, une bâche grignotée, le crâne blanchi de l'assassin.

Plus tard…

Il me faut un certain temps pour me remettre de ma frayeur. Jusqu'alors, Evans était un personnage du discours alcoolisé du capitaine. La découverte de sa tombe le transforme en une présence presque réelle.

La proximité de ce mort me répugne. Cela dit, j'ai côtoyé des cadavres dans des circonstances autrement dérangeantes. Non seulement je les voyais, accrochés aux barbelés ou disséminés dans le no man's land, mais je les entendais. Gaz putrides : flatulences subites de la mort, éructations de l'au-delà. Ces bruits, associés au crissement de mâchoires des rats, comblaient les rares silences entre les tirs d'artillerie et les assauts. Dans ce croupissoir effervescent, les morts conversaient dans un dialecte connu d'eux seuls, imitant le son des tirs et des détonations, des gémissements et des cris.

Je me rappelle soudain une remarque de Burkhart. Parce que le crime du naturaliste avait eu beaucoup de retentissement dans la presse, et dans l'éventualité qu'un journaliste s'intéresse au sort de l'assassin, avant de l'envoyer au phare, on avait fait creuser dans le cimetière d'Ushuaia une tombe à son nom.

De sorte qu'Evans a deux tombes. Une double sépulture.

À l'approche du crépuscule, je sors sur le balcon de la lanterne.

Nul bateau à l'horizon. Rien que l'océan sous un ciel de plomb.

Je prépare à nouveau du café et décide de m'atteler à la rédaction du rapport. Le souvenir du vieux crabe et du crâne ruine ma concentration.

En regardant dans la chambre d'Evans, de là où je suis, j'aperçois une armoire, une chaise. Je pousse la porte restée entrouverte, j'y pénètre pour la première fois.

Dans l'armoire, je trouve :

Son journal de bord.

Une brochure de la Marine, *Code d'éclairage des feux.*

Un livre usé à force d'être feuilleté, *Oiseaux de l'Atlantique sud.*

Un bulletin de la Société d'entomologie de la République argentine.

Un article de la Société impériale zoologique d'acclimatation portant sur le travail du botaniste, ornithologue et embaumeur français Jules Pierre Verreaux.

Un traité de vulgarisation in-octavo, écrit par le chirurgien en chef Howard Nash : *L'Embaumement des soldats durant la guerre de Sécession nord-américaine.*

Une boîte rassemblant des coupures de journaux.

Deux reliquaires renfermant des cheveux cuivrés.

Une bible.

Un couteau, une loupe brisée.

Une boussole et trois pinces de métal de différentes tailles.

Une boîte ou vitrine avec couvercle en verre contenant deux doigts en plâtre.

Une boîte entomologique abritant un papillon aux ailes jaune et vert.

Un chapelet en cristal.

Un crucifix.

Une petite travailleuse en bois avec des aiguilles et du fil à coudre.

Dans la boîte des coupures de presse, enveloppées dans un tissu propre, se trouvent douze comptes rendus du crime. Les archives personnelles d'Evans, je suppose. Certains articles reproduisent des photographies de l'assassin : assis devant la cour, lors de son procès ; debout sur les lieux du crime ; sur un escabeau, au milieu de policiers. Burkhart est parvenu à imprimer dans mon cerveau une image trompeuse d'Evans. Je m'étais imaginé un assassin corpulent, à la barbe abondante, hirsute comme un prophète ou comme le guerrier philistin qui donnait son nom au phare. L'homme sur les photographies, quant à lui, était on ne peut plus banal : petit, ventre proéminent, chauve, des lunettes à monture ronde. J'essaie de me représenter ce petit homme en train d'assassiner sa femme et sa fille. En vain. Evans avait tout du pauvre hère noyé dans la masse, le type à qui l'on donne une pièce au théâtre ou à la gare, le prenant pour un ouvreur ou un porteur.

Les articles reviennent sur l'ensemble des instances du procès, de la découverte des corps embaumés au prononcé du jugement, sa condamnation à perpétuité. Certains passages ont été annotés dans la marge. Les commentaires – émanant vraisemblablement d'Evans lui-même – se réduisent pour la plupart à un seul mot, lapidaire et définitif : *faux*, *exagéré*, *incorrect*, *imprécis*, *douteux*…

Ils sont accompagnés d'une « Analyse psychologique de l'assassin », publiée dans le journal *La Nación* en septembre 1913. L'article est signé du *docteur Griphus* (« énigme », en latin) : une imposture à l'évidence, imaginée par un reporter zélé ou un écrivain opportuniste.

J'en retranscris ici un extrait :

> […] Bien qu'il soit un criminel-né, Juan Evans ne répond pas aux théories lombrosiennes du délinquant. Il n'y a chez lui aucun trait physique ou physionomique permettant de le rapprocher de l'assassin type, ce que l'on explique volontiers par le fait que cette brute n'appartient pas à cette classe inférieure, à défaut de meilleure appellation. Son crime inaugure une catégorie à part, que Dante lui-même, le grand architecte de l'Enfer, n'aurait pu concevoir. Le septième cercle, où le poète florentin fait plonger dans une rivière de sang bouillant les homicides et les violents, aurait rejeté le professeur Evans, arguant que l'atrocité de ses péchés méritait sans doute un châtiment supérieur, seulement appréciable par la Divine Autorité du Créateur.
>
> J'ai assisté à toutes les audiences de son procès, au cours de semaines que je n'oublierai pas de sitôt et qui laissent dans ma

bouche un goût amer de cendres, et dans mon âme un dégoût métaphysique indélébile. Ce monstre, qui dès sa jeunesse s'est ingénié à dissimuler sa cruauté sous l'innocent sarrau du naturaliste, se complaisait déjà dans la dissection d'animaux et de petits oiseaux. Plus tard, ajoutant un deuxième masque au premier – celui de père de famille respectable -, il allait faire de même avec son épouse et sa tendre fille.

L'absolu sang-froid de l'assassin, les angles cachés de sa véritable personnalité sont hors de portée de la compréhension des psychologues, médecins, juges ou avocats. Un gratte-papier, comme il en pullule au Palais de Justice, de ceux que l'on retrouve, à l'heure du vermouth, accoudés au comptoir graisseux de quelque café voisin, se donnant de grands airs, m'assurait que la confrérie judiciaire « était en effervescence ». Il a résumé le problème plus ou moins dans les termes suivants : Evans n'appartient pas à ces excroissances étrangères qui prolifèrent dans les bas-fonds. Nous n'avons affaire ici à aucun des deux Cayetano – Grossi et Godino -, funestes infanticides, Italien pour le premier, enfant d'Italiens pour le second. D'après ce que l'on sait, cet homme ne s'est jamais accointé avec des vauriens, des cocaïnomanes, des morphinomanes, des femmes de mauvaise vie, des joueurs, des voleurs ou des proxénètes. Bien au contraire, Evans est le pur produit de certains milieux aisés : un individu instruit, cultivé, jouissant d'une bonne situation. Pourtant, ce professeur a perpétré l'un des meurtres les plus déconcertants et les plus cruels de l'histoire criminelle de notre pays. Mais plus que le crime ou l'appartenance socioculturelle de l'assassin, c'est sa macabre décision d'embaumer les corps qui soulève une authentique indignation chez nos concitoyens, comme si leur ôter la vie ne suffisait pas, et que, dans son délire d'omnipotence, la bête s'était crue obligée de continuer à les humilier, par-delà la mort…

J'avoue que, tout en entendant l'avocaillon pérorer de la sorte, je souriais en mon for intérieur au spectacle de sa candeur. Devrais-je plutôt dire de son ignorance crasse? Depuis quand l'instruction constitue-t-elle une barrière morale contre les assauts d'une monstruosité débordante? Il suffit de voir ces empereurs romains qui, éduqués dans la grammaire, la philosophie, la rhétorique, le grec, la géographie, l'histoire ou la mythologie, n'hésitaient pas à mettre le feu à Rome ou à empoisonner leur mère, leur épouse, leurs frères et sœurs, leurs enfants. Il suffit de penser aux Borgia ou à cet autre noble français, Gilles de Montmorency, baron de Rais, combattant lors de la guerre de Cent Ans aux côtés de la très sainte Jeanne d'Arc; malgré qu'il eût reçu la meilleure éducation de son temps, pendant les nombreuses années de son règne de terreur, Montmorency martyrisa et assassina plus de mille jeunes innocents. Plus récemment, ayons à l'esprit les crimes commis par le tristement célèbre Éventreur de Whitechapel; la netteté de ses mutilations, sa connaissance profonde de l'anatomie humaine, persuadèrent les enquêteurs de Scotland Yard que la main derrière pareilles abominations était celle d'un chirurgien, vraisemblablement issue de la noblesse et bien entendu très instruit, membre de la bonne société londonienne…

Non, même sous ses masques, Evans est incapable de cacher quoi que ce soit. Il ne s'agit pas là d'un improbable docteur Jekyll, le personnage du roman de Stevenson, qui, au moyen d'une potion de son invention, convoquait le pervers M. Hyde pour qu'il commette les actes criminels que sa conscience lui interdisait. Le monstre qui a toujours demeuré en Evans ne sera jamais apprivoisé par aucun médicament ou aucune branche de la connaissance humaine, ni par la crainte de Dieu, puisque cette créature est le fruit d'un autre père : l'adversaire, l'antagoniste, connu sous quantité d'autres noms que je me garde bien d'écrire ici. Quelle autre explication pourrait éclairer la parodie à laquelle il a soumis les cadavres embaumés de son épouse et de sa fille ? Les agents de police qui firent irruption dans la maison se sont figés face au spectacle des corps assis autour de la table, devant le service à thé, le regard endormi vaguant dans l'au-delà, dans les vastes territoires de la mort. D'après le témoignage des agents, le responsable de cette abomination, en bras de chemise et les mains dans les poches, contemplait la scène avec la distance et le détachement qu'il aurait pu accorder à un fossile accroché à un rocher. Il partageait son quotidien avec les mortes embaumées depuis plusieurs mois. Il a déclaré plus tard qu'il avait l'habitude de les déplacer, de les asseoir dans le salon, dans la cuisine, devant le piano ou même de les sortir dans le jardin, essayant de recréer cela même qu'il venait de détruire de ses propres mains : un simulacre de vie de famille.

Tout est là, blanc sur noir, et dans ce cas, « tout » doit s'entendre comme « rien », puisque contrairement aux apparences, Evans est un organisme traversé par les mêmes processus naturels que n'importe lequel d'entre nous, mais tout sentiment, toute censure morale l'a fui depuis longtemps. Les monstres, ne l'oublions pas, ne sont pas enclins à la dissimulation. S'ils parviennent à se fondre parmi leurs semblables, ce n'est pas, à mon sens, parce qu'ils dominent l'art de l'occultation, mais parce que nous, les êtres humains, sommes incapables de les regarder droit dans les yeux bien longtemps. Quelque chose dans la bête anthropomorphique nous oblige à détourner le regard ; la seconde d'après, nous l'avons oubliée, non par caprice mais par simple instinct de conservation, car une personne normale ne saurait supporter le terrible abîme qui séjourne au-delà de ces pupilles vides.

Un deuxième article, très différent, était joint à celui-ci. Publié dans le même journal quelques jours plus tard, il était signé par Horacio Quiroga.

Je le retranscris intégralement :

EVANS CHEZ LES JIVAROS

Les journaux de Buenos Aires arrivent à San Ignacio avec un certain retard compréhensible. Cela étant, s'agissant de la chronique policière qui en ce moment même tient la société en haleine – je veux parler, bien entendu, des assassinats commis par Evans -, ce constat, tant de fois émis par nous autres qui vivons ici, perd de son actualité. Privilège du naturaliste, le Paraná semble faire vrombir ses moteurs sous-fluviaux et accélérer son courant, étant donné que dans le laps de temps qu'ils mettent habituellement à parcourir la même distance, des canoës et des bateaux arrivent à quai pour nous vomir leur cargaison de journaux avec leurs nouvelles « fraîches » sur le crime.

On ne parle que de ça. Là-bas, dans l'agitation de la grande métropole, ou ici, dans ce hameau perdu au fond de la jungle, et plus précisément dans le bowling que je fréquente certains soirs, à la tombée de la nuit, pour partager ma solitude avec les exilés de toutes les latitudes.

Debout devant une table, un animal fantastique à quatre têtes – Gonzalbo, Brun, Vahdendorp et Denis – examine les journaux fraîchement livrés. Ils ne m'ont pas vu entrer. Gonzalbo vient juste de tomber sur un article au titre prometteur, « Analyse psychologique de l'assassin », qu'il se met aussitôt à lire à voix haute.

Je me tiens légèrement en retrait, fumant et à l'écoute. C'est un libelle prévisible, qui abuse des épithètes et des sentences morales, et dont l'auteur, caché derrière un piètre pseudonyme, livre au public une leçon magistrale sur la monstruosité du haut de sa chaire imaginaire.

Ces exilés sont des types durs, façonnés par le fer de la nostalgie et la rudesse des coups de machette de la jungle. Ils ont laissé derrière eux famille et patrie, et il se pourrait aussi qu'ils se soient rendus coupables, dans une lointaine jeunesse, de faits sanglants. Pourtant, ils ont avalé sans moufter la pilule du venin. Obnubilés, suspendus à la voix de l'ami lecteur, ils laissent échapper une injure, qui dans la langue de Goethe, qui dans celle de Voltaire. Pour ma part, je marmonne mon indignation dans le plus bel espagnol sud-américain. Assez ! Je lâche le mégot, l'écrase sous ma chaussure, me racle la gorge et proclame :

– Ce monstre-là, Evans, il m'a un jour sauvé la vie.

Gonzalbo interrompt la lecture. L'animal fantastique tourne ses quatre têtes à l'unisson.

– Que dites-vous, Quiroga ? m'interpelle Brun.

– Je vous vois venir, vous et vos histoires, me met en garde Gonzalbo.

Des histoires ? Ça ferait une jolie nouvelle, certainement, mais non. Quoi qu'il en soit, et comme pour une histoire réussie, j'ai commencé par la fin. C'est une astuce infaillible. L'auditoire a mordu à l'hameçon. Je fais l'idiot afin de faire monter la mayonnaise : je m'accoude au comptoir, j'allume une nouvelle cigarette.

– Quiroga, vous vous faites prier, s'impatiente Gonzalbo.

– Asseyons-nous, propose Vahdendorp en m'approchant une chaise.

Nous nous installons autour de la table.

– Allons, Quiroga ! Vous allez lâcher le morceau, oui ! me presse Denis.

S'il s'agissait d'une nouvelle, sans doute commencerait-elle ainsi :

« Je rencontrai le futur assassin en 1908, lorsque, ayant décidé de m'installer à Misiones, j'entrepris de construire ma maison. Ce furent des mois d'un intense labeur ! Je travaillais du matin au soir et, à la fin de la journée, après m'être lavé et changé, je m'asseyais sous un urunday un livre à la main – lire Kipling dans la jungle peut paraître redondant, mais c'est aussi un privilège réservé à de rares élus – dont me détournait fréquemment le spectacle imposant du crépuscule sur le fleuve. »

Je poursuivrais en ces termes :

« Ce soir-là, comme tant d'autres, j'avais abandonné le livre ouvert sur mes genoux, m'étant enfoncé loin dans le pays des rêves, lorsque des bruits me parvinrent des fourrés. Était-ce un singe ? Un capybara ? Une autre bête moins aimable peut-être ? J'avais laissé mes armes sur le site de la maison en construction et n'avais qu'une machette avec moi. La pleine lune qui poursuivait sa course au-dessus du fleuve annonçait une nuit claire, cependant j'allumai la lanterne, à temps pour voir émerger du ravin qui mène aux ruines, telle une apparition, un cheval et son cavalier. L'homme semblait sans forces sur sa monture, comme sur le point de tomber, et lorsque le cheval s'arrêta, à quelques pas seulement de là où je me trouvais, l'individu ouvrit grand les yeux et observa les alentours, déconcerté. Désormais éveillé, même s'il ne l'était pas tout à fait, il démonta d'un saut, me tendit la main et se présenta… »

J'entends encore la voix irritée de Gonzalbo :

– Allons bon, Quiroga, épargnez-nous votre littérature. Dites-nous, quand est-ce que cet être infâme vous a sauvé la vie ?

Je m'en tiendrai aux faits.

Evans avait consacré toute la journée à explorer les ruines. En rentrant au village, il s'était assoupi sur sa selle, laissant le cheval suivre le sentier jusqu'à la clairière où je construisais ma maison. Il faisait nuit et je ne suis pas du genre à refuser le couvert et le gîte à un voyageur perdu, même lorsque le premier est frugal et le deuxième à moitié fini. Sous l'épais urunday, à la lumière de la lanterne, nous avons partagé un repas de soupe, de manioc et d'oranges, nous entretenant de ses travaux et des miens. Evans rentrait d'un séjour de quelques semaines dans la forêt, où il avait découvert deux lépidoptères inconnus. Il a alors sorti de sa poche une petite boîte en fer-blanc qu'il m'a tendue. Je l'ai ouverte avec le plus grand soin. Dedans, sur un lit de coton, les papillons semblaient sur le point de s'envoler. D'une longueur de trois centimètres environ, ils étaient identiques, à un détail près : leurs ailes présentaient les mêmes couleurs, mais disposées en miroir. Ainsi, les ailes antérieures de l'un étaient jaunes et les ailes postérieures vertes. À l'inverse, les ailes antérieures du second étaient vertes, et les postérieures jaunes. Un détail qui m'a paru extraordinaire. On les voyait très bien sous la pleine lune, toutefois en les approchant de la lanterne j'ai remarqué que le tracé des nervures sur leurs ailes était lui aussi le même, mais inversé, comme leur pigmentation. J'ai aussitôt repensé à cette phrase de la Bible suivant laquelle « ce qui est en bas est comme ce qui est en haut », et au moment de lever les yeux pour échanger avec Evans sur cette étonnante duplication, j'ai découvert le canon d'un revolver à quelques centimètres de mon visage. Je me souviens très bien d'avoir pensé : « Ce fou va me tuer et je ne saurai même pas pour quelle raison. » Tous les muscles de mon corps se sont raidis. J'ai fermé les yeux et m'en suis remis… J'étais sur le point d'écrire « et m'en suis remis à Dieu », mais comme dirait mon ami Gonzalbo, ce serait verser dans la littérature. En une seconde, mille pensées différentes, tristes ou joyeuses, m'ont traversé ; des souvenirs, des sensations, des odeurs de mon enfance, et si, en un dernier geste de désespoir, je n'ai pas sauté sur le futur assassin pour tenter de lui arracher l'arme, c'est parce que j'étais tout absorbé dans la contemplation de l'enfer qui avait pris possession de mes sens. Alors j'ai entendu Evans murmurer : « Ne bougez pas. » J'ai fermé les yeux. Le tir est parti…

La détonation m'a détruit l'ouïe, j'étais sonné. J'ai rouvert les paupières. Comme c'est étrange, ai-je pensé, je suis vivant ! Evans s'est levé, est passé devant moi, le revolver encore fumant en main, avant de s'arrêter un peu plus loin, pour se pencher en avant et soulever un serpent sans tête. « *Crotalus terrificus*, sauf erreur, a déclaré le naturaliste, je l'ai vu qui rampait dans votre direction, à vive allure, je vous assure : j'ai à peine eu le temps de viser. »

Non, Evans, ne faisait pas erreur. De sa main pendait, inerte, un serpent à sonnette, l'une des huit espèces les plus venimeuses qui peuplent nos sols. Tandis que le venin du yarara (dont nous saluons la renommée) agit quasi exclusivement sur le sang, celui du crotale s'attaque avec une préférence marquée au système nerveux, provoquant tuméfactions, convulsions, asphyxie et une paralysie progressive.

Ainsi, cet homme providentiel venait de m'arracher à une mort effroyable. De ce jour, je ne cesse de me poser des questions : pourquoi Evans s'est-il endormi sur sa monture, au retour des ruines ? Pourquoi son cheval l'a-t-il conduit jusque chez moi ? Pourquoi a-t-il accepté mon invitation à dîner et à y passer la nuit ? Quelle est la probabilité de viser juste à cette distance, sur une cible mouvante et petite comme la tête d'un crotale, au clair de la lune ?

– C'est plus fort que lui, s'écrie Gonzalbo, exaspéré. Quiroga est un littérateur et, à l'image de l'araignée, il s'évertue à nous attraper dans sa toile dialectique…

– Parce qu'il vous a sauvé de la morsure d'un serpent, faudrait-il excuser ses meurtres et ses embaumements ? ajoute Vahdendorp.

J'imagine les lecteurs m'adressant les mêmes reproches. Je tiens donc à préciser : les crimes commis par Evans sont inexcusables. Cela étant, que le monde entier puisse se vanter de connaître le personnage qui s'est servi de son arme pour me sauver d'une mort atroce est, à mon sens, une farce.

Qui peut affirmer, sans rougir, qu'il connaît quelqu'un ? Ou qu'il n'a jamais péché ? Qu'il jette donc la première pierre…

Quant aux ressorts intimes de son âme, la plupart sont loin d'en avoir la moindre idée, de cerner le personnage, une réalité que je me propose de démontrer si le lecteur a la patience de me lire jusqu'au bout.

Seuls les incapables, les ignares ou tous ceux qui rechignent à faire usage de leurs méninges peuvent inférer du fait qu'Evans ait embaumé ses victimes un acte supplémentaire de cruauté, mystérieux ou allégorique. Au contraire : je pense que, ayant commis son forfait, peut-être même tandis qu'il l'exécutait, Evans a changé d'avis et s'est efforcé de réparer l'irréparable, de recoller les morceaux, en usant des modestes moyens à sa portée, à savoir, en conservant les corps et en recréant avec eux différentes scènes de famille, ces moments qu'il ne vivrait plus jamais.

De sorte que ce gage complexe de contrition a été lâchement simplifié pour être présenté comme des manifestations d'impiété, sadisme, cruauté, violence, et toute une liste de funestes et cetera… Sans doute conviendrait-il de rappeler que la première acception du mot « presse » se réfère à une machine hydraulique pourvue de deux planches dont la fonction est de comprimer… C'est là qu'a été placée la tête d'Evans, qui a subi un processus accéléré de réduction. Ah, combien plus venimeuses que n'importe quel serpent sont les plumes des Jivaros ! Ainsi réduite et expliquée, la dépouille ensanglantée est jetée au « public », animal protéiforme et obéissant. Alors oui, nous pouvons enfin comprendre la petitesse, l'abominable cruauté du monstre, que résume l'accablant message des réducteurs de têtes : « Evans n'est pas de la même espèce que nous, Evans n'est pas fils de Dieu. »

De nouveau la nuit ; l'incessant jacassement des oiseaux, la houle, le vent, le froid.

Je m'efforce de ne pas penser à Evans.

Je pense à Evans.

Je l'imagine en train de lire les articles relatant son propre crime. Annotant, corrigeant. Prérogatives du créateur face à son œuvre. Je me demande : que s'est-il passé dans son cerveau lors des secondes qui ont précédé la décision définitive ? Était-ce une résolution réfléchie ? Ou, au contraire, le résultat d'un accès de folie ? Et quelle en fut la cause ? Une infidélité ? Une humiliation ? Une révélation métaphysique, un constat philosophique ?

D'après les articles, le drame s'est noué dans le bureau du domicile familial. C'est là qu'Evans a étranglé sa femme, la première de ses victimes. Puis il a pris en chasse sa fille. Il l'a trouvée cachée dans un placard, accrochée à une poupée, et l'a étouffée avec un oreiller.

Certains journaux avancent un mobile passionnel. Allant jusqu'à citer le nom de l'amant supposé de sa femme. Dans ses notes marginales, Evans ne confirme ni n'infirme rien.

Quant aux embaumements, le degré de haine qu'ils ont suscité dans l'opinion publique est déroutant. Ainsi que le suggère l'auteur du second article, sans doute était-ce une tentative désespérée pour remonter le temps, un vain symbole de contrition.

Les actes et la vie d'Evans éveillent en moi une curiosité malsaine. Les rares informations dont je dispose ne font qu'exacerber ce bas penchant. C'est à mes yeux, je dois l'avouer, chose inacceptable. Ces pensées acquièrent, dans la solitude de l'îlot, le poids et la consistance d'un nuisible. Un rat pansu, par exemple. Je m'efforce de l'écarter aussitôt qu'il pointe le bout de son nez, en m'occupant d'une façon ou d'une autre : je range les outils, je nettoie le baromètre, je lustre les lentilles de rechange, je déplace les meubles (l'armoire, le lit de camp), je frotte les vitres de la lanterne. Ou alors, je sors de la grande cantine de taxidermie les yeux de verre et les classe par couleurs sur la table ; je les dispose en croix, en lignes, en cercles, qui forment un œil plus grand, pluriel et insomniaque, au centre de la pièce circulaire.

Cercles.

Cercles à l'intérieur de cercles.

Mais les pensées reviennent. Encore et encore. Elles suivent l'orbite tracée par ces yeux. Rendues par les vagues, transfigurées.

Je pense surtout, ces derniers temps, à la mort d'Evans.

Périr ici, seul.

Le son de la mer dans les oreilles. Le faisceau de lumière en orbite sous ses yeux.

L'obscurité.

14 juillet

Je n'ai pas eu le courage de quitter le phare hier. Ni d'écrire. J'ai passé une bonne partie de la journée allongé sur le lit de camp, lisant la Bible par intermittence. Je suis également monté jusqu'à la lanterne afin d'écouter l'océan.

J'ai achevé ma mission.

Quand on est désœuvré, le temps ressemble à une substance dense : graisse ou mercure. Ayant inventorié les pannes, je lis, je déambule à travers l'îlot dans l'attente du bateau qui me rendra à la civilisation. Du moins à cette forme dégradée de civilisation que constituent le pénitencier et les quelques maisons qui l'environnent.

Quoi qu'il en soit, n'importe quel endroit est préférable à ce rocher.

Burkhart affirme qu'Evans a passé des années dans ce lieu, sans jamais retourner sur le continent.

J'admire sa résistance.

J'admire sa ténacité face à l'abîme de la culpabilité.

Non content de la sentence prononcée par les hommes, il s'est ajouté la sienne propre. S'était-il dit que le poids du crime et celui du châtiment seraient ainsi équilibrés ? Peut-être s'imaginait-il le phare comme la matérialisation de ses péchés ; et l'océan comme l'étreinte d'un dieu miséricordieux. Il se peut aussi que la mer ait représenté tout le contraire : la gueule écumante du diable, l'incarnation d'une peine insondable. Il oscillait probablement entre ces deux contingences, et ce mouvement était régulé par une sorte d'écluse métaphysique, étrangère à sa volonté.

Machineries de mortification d'outre-monde.

Et là : le même horizon, jour après jour. Travaux et remous identiques. Les oiseaux. Le vent. Les vagues qui se brisent contre l'îlot.

J'ouvre enfin le journal de bord. Ce que j'avais jusqu'ici remis à plus tard. Sa proximité provoque chez moi un malaise physique difficilement explicable. J'entre en territoire interdit, tel un pilleur de tombes.

Sur la première page, Evans a énuméré les bateaux qu'il voyait :

Année 1913	**Nom du navire**	**Pavillon**	**Direction**	**Météo**
3 février	*Plymouth*	Anglais	Nord-sud	Brumeux
22 mars	*Saint-Louis*	Français	Nord	Dégagé
5 avril	*Isabella*	Italien	Nord-ouest	Tempête
18 juin	*Patagonia*	Argentin	Sud-est	Dégagé
21 juillet	*Pactolus*	Anglais	Est	Dégagé
17 août	*O'Higgins*	Chilien	Sud	Tempête
11 septembre	*Oslo*	Norvégien	Nord-sud	Brumeux
25 novembre	*Grampus*	États-unien	Sud-est	Pluvieux

En novembre 1914, il a enregistré le passage des navires de guerre allemands de l'escadre de von Spee, en direction des Falklands (« Malouines », écrit Evans) : les cuirassiers *SMS Scharnhorst* et *SMS Gneisenau*, et les croiseurs légers

SMS Leipzig, *SMS Nürnberg* et *SMS Dresden*, qui ont engagé le combat contre notre flotte au large de Port Stanley.

À l'exception du *Dresden*, tous furent coulés.

Pourtant, le 22 mai 1915 – plusieurs mois après la bataille -, Evans les a vus passer à nouveau, en sens inverse. Depuis le *Leipzig*, écrit-il, on lui adresse un message à l'aide du réflecteur de signaux :

Wir fahren zur Hölle

Evans n'a pas commenté la phrase. Peut-être ne comprenait-il pas l'allemand. Pour ma part, ayant eu à interroger des prisonniers au front, je suis en mesure de la traduire :

Nous allons en enfer

Il ajoute une nouvelle note quelques jours plus tard :

> Précédé par une infâme odeur de putréfaction, un canot du *SMS Nürnberg* a accosté ce matin sur l'îlot Schouten, avec deux cadavres à son bord. Sur la poupe de ce cercueil flottant trônait l'albatros le plus grand et étrange que j'aie jamais vu, dont le plumage était intégralement noir. Les marins allemands ont sans doute dérivé en haute mer des mois durant. À la vue de l'état de l'un des corps, il ne fait aucun doute que le dernier survivant s'est livré au cannibalisme. Et que l'albatros s'est nourri un temps de cette charogne. Les visages verdâtres de ces hommes sont terriblement rongés par les coups de bec. Les orbites oculaires, vides.

La liste des bateaux aperçus - qu'ils soient ou non réels - s'amenuise au fil du temps. Le registre cesse complètement en avril 1918. À partir de là, Evans a noirci des pages et des pages d'observations d'oiseaux, d'histoires de taxidermistes et de détenus, de réflexions personnelles, de souvenirs de ses expéditions.

Je retranscris ci-dessous quelques exemples :

> L'albatros noir a élu domicile sur l'îlot. Toutefois, il ne niche pas au sein de la colonie que forment les autres oiseaux de son espèce : cormorans, goélands, sternes antarctiques, skuas, fulmars argentés, damiers du Cap ou la dénommée océanite tempête. L'albatros se tient seul au sommet d'un des rochers qui jalonnent l'esplanade ; de là il observe, immobile, le va-et-vient capricieux des crabes ou les bruyantes disputes des autres oiseaux. À la tombée de la nuit, au moment où j'allume le phare, il déploie ses ailes et entreprend de survoler l'îlot. Le battement chaotique se mue progressivement en une trajectoire précise, un parcours organisé autour de la lanterne, dans le sens inverse de la rotation du faisceau lumineux provenant du phare. Chaque fois que dans son vol il croise le rayon de lumière, il éclate en hurlements furieux - des rires diaboliques -, comme si cette lueur était la matérialisation de tout ce qu'il déteste.
>
> Le naturaliste anglais Abraham Bartlett possédait un petit commerce dans les environs du British Museum. Lors d'un voyage en Grande-Bretagne pendant mes études, je lui

ai rendu visite. La pièce, exiguë et tout en longueur, comme un tunnel, et dont on distinguait difficilement le fond, était remplie d'oiseaux empaillés. Mâles et femelles étaient appariés et venaient de toutes les latitudes. Leurs plumages, des plus variés, étaient colorés, mouchetés, bruns, blancs, rouges, bleutés. En chacun d'eux, d'une troublante vitalité factice, on devinait la main experte, la perfection d'exécution du taxidermiste. J'ai voulu acheter un exemplaire de *Fringilla polatzeki*, ce à quoi Bartlett a répondu qu'il ne vendait que des couples, et que si je souhaitais acquérir le mâle, il me faudrait aussi prendre la femelle, puisque leur destinée, même après leur mort, était de ne jamais être séparés. Sa requête m'a paru pour le moins étrange, mais j'ai accepté et acheté les deux spécimens. Les finitions, l'éclat de leurs yeux, la couleur impérissable de leurs plumes, tout dans ces oiseaux empaillés révélait le travail véritable de l'artiste. Je les revois encore, posés sur mon bureau à Buenos Aires : mâle et femelle, face à face, immobiles, néanmoins débordants d'une énergie quasi surnaturelle. Il arrivait parfois qu'à l'aube, alors que j'étudiais mes cours à la lueur vacillante de la lampe, j'aie l'impression de les voir bouger. J'ignore ce qu'il est advenu d'eux. Puisse une main charitable les avoir jetés aux flammes. Rien de ce que j'ai pu aimer un jour ne doit subsister…

Le naturaliste Johann Heckel aurait aimé vivre ici, tout occupé à empailler des poissons et des oiseaux. De même que l'Italien Giacomo Salvi, qui avait entrepris un long périple à travers la Pampa, aux commandes de la charrette qui transportait son laboratoire, suivant le cours du Río Negro et longeant ensuite la côte, traversant la Patagonie jusqu'à la très inhospitalière Terre de Feu. Salvi était spécialiste d'une seule espèce. Sa charrette était remplie de lièvres disséqués ; certains voyageaient dans des cages, comme s'ils possédaient encore la faculté magique de s'échapper, d'autres étaient suspendus à la traverse sous la bâche. Au sud de Lago Bueno – d'après le récit qu'il m'en a fait, des années plus tard, à Buenos Aires -, il avait découvert dans un ravin le cadavre d'un Selknam, le crâne fracassé. Il n'était mort que depuis quelques heures. Salvi est resté une semaine sur place, travaillant sur le corps. Enfin, il l'a hissé sur la charrette, l'a placé entre les lièvres et est descendu jusqu'à Ushuaia. De là, il a pris un bateau jusqu'à Buenos Aires. Un jour, dans la maison de l'Italien, j'ai découvert cet exemplaire. Salvi le conservait dans un placard de son cabinet. Il semblait moins avoir été embaumé que momifié. Pris d'un rire nerveux, je lui ai fait remarquer que s'il avait été vivant, il aurait pu l'exhiber dans un zoo. L'embaumement, pour tout dire, ne m'a pas paru exceptionnel. Un travail bâclé, indigne d'un taxidermiste. Nonobstant, je veux bien admettre que les conditions d'exercice de Salvi étaient tout sauf idéales. Le vent, le froid, la menace d'une attaque indienne avaient dû avoir raison de la solidité de ses mains.

Ce matin, à l'est de l'îlot, je suis tombé sur le corps d'une baleine échouée entre les rochers. Ainsi encastrée, on aurait pu croire qu'elle s'était précipitée contre les pierres à dessein. Je doute que la houle, qui la berce doucement, parvienne à l'arracher de son nid de pierre. Une nuée d'oiseaux s'acharne sur sa chair. C'est alors qu'arrive en vol plané le majestueux albatros noir, ce roi immémorial, monarque des temps obscurs : son ombre suffit à disperser la plèbe ailée.

Entre 1862 et 1865, au cours de la guerre de Sécession, le chirurgien-major Howard Nash a embaumé personnellement quelque mille trois cents soldats de l'Union. Les cadavres voyageaient depuis le Sud – des champs de bataille de l'Alabama et du Mississippi, de la Géorgie et du Missouri -, permettant à leurs proches endeuillés de les voir une dernière fois. Des corps gelés dans leurs cercueils, se déplaçant dans l'obscurité, à bord d'interminables wagons ou de navires, vers les cimetières du Nord : préservés de tout risque de putréfaction. Parfaits dans la mort, en route vers la nuit éternelle. Grâce à sa science, Nash a conjuré l'industrie des vers, figé la destruction en un instant glacial ; il a offert aux défunts une dépouille propre et décente, un repos digne, soustrait à la corruption, parfait dans la nuit éternelle. Quelques mois après la fin de la guerre, Nash a été victime d'une apoplexie. Jusqu'à sa mort, quinze ans plus tard, il est demeuré confiné dans son lit, incapable de bouger le moindre muscle… embaumé. L'œil d'un dieu voit ce qui se trame à l'intérieur des tombes. Ce que son œil lui rapporte doit-il forcément lui être agréable ? Ou préfère-t-il voir ses créatures profiter l'une de l'autre, tirer avantage de l'éphémère consistance de la chair ? Entre l'homme et le ver, reviendrait-il au premier une dignité supérieure ? Et si Dieu était, lui aussi, un ver ?

Tous les gouvernements devraient embaumer systématiquement leurs héros, hommes d'État ou personnalités publiques. Quel ouvrage grandiose, quel monument fabuleux pourrions-nous ériger pour héberger ces corps ! Les Français, avec leur Panthéon, ont entraperçu les avantages d'une telle mise en scène, mais n'ont pas eu le cran d'aller jusqu'au bout en faisant de l'embaumement une indispensable politique nationale. Ici, sur nos terres inhospitalières, où tout reste à faire (et où probablement rien ne se fera) ce serait sans doute chose possible. L'Argentin – cette bête docile, attachée à la rigueur -, qui peuple notre grande ferme républicaine, ira sans protester là où le patron lui dira ; carnivore par nature, à défaut de viande fraîche et nutritive, il avalera sans rechigner la charogne qu'on lui servira. Levez les yeux sur le « Panthéon de la Patrie » ! Les corps y seront exhibés debout, soigneusement éclairés, dans leur cercueil de verre ou de cristal, avec pompe et solennité. Cette simple vision contribuera à l'élévation morale du public. Néanmoins, et pour donner à voir le revers de la médaille, il faudra faire émerger un second temple, situé de préférence face au premier, mais sous terre, et qu'il faudra nommer, avec grandiloquence : la « Crypte des assassins ». Les corps embaumés de ces excroissances de l'enfer – parmi lesquelles je me compte – seront exposés en sens inverse, c'est-à-dire la tête en bas et les yeux ouverts. L'embaumeur choisira avec un soin particulier la couleur des yeux de verre qu'il placera sur le visage de l'assassin, en fonction des singularités de son crime. Le rouge, le vert émeraude et le jaune d'or sont les couleurs que l'on retrouve le plus fréquemment chez les oiseaux, et c'est ce qu'il y a en eux de plus beau, de plus frappant ; pour cette raison, ils seront proscrits. Il conviendra ainsi d'établir un tableau de référence recensant les couleurs des yeux autorisées, ou bien s'en tenir au blanc, ce qui ajouterait une certaine dimension symbolique à ces visages préalablement purifiés par la mort. Je me réserve, bien entendu, un emplacement privilégié dans cette seconde nécropole souterraine.

Je me suis réveillé peu après midi, en émoi, comme si une menace planait au-dessus de moi. Le vent soufflait avec force. La petite porte de la salle des machines avait dû rester mal fermée, car je l'entendais claquer, en haut. Une lumière terne pénétrait à travers la lucarne. Je me suis assis sur le lit de camp et j'ai observé tout autour. Perché sur l'armoire, il me regardait de ses yeux méchants, son bec tranchant comme un poignard. Il a déployé ses ailes – si grandes qu'elles touchaient les murs de part et d'autre de la minuscule chambre, et si sombres qu'elles occultaient la faible lumière qui entrait à travers la lucarne – et de sa position en hauteur il s'est laissé choir jusqu'au sol. J'ai enfoui ma tête sous les draps. Peu après, lorsque j'ai émergé de nouveau, il avait disparu…

Au pénitencier, un ancien métayer du nom de Rojas m'a raconté la chose suivante : n'en pouvant plus de l'isolement et de la solitude – sa ferme se trouvait presque au pied de la cordillère, à deux ou trois jours de cheval des habitations -, il a pris pour compagne une Roumaine qu'il avait arrachée à un bordel d'Ushuaia. Jeune, très blanche, la peau sur les os ; borgne par-dessus le marché : il l'avait obtenue à bon prix. Il l'a emmenée à la ferme, dit-il, où ils ont vécu durant tout l'été. Mais, passé un certain temps, elle lui est devenue insupportable. L'orifice de son œil manquant le rendait nerveux. Il s'imaginait que derrière la cicatrice mal cousue – une lamelle de peau presque transparente – logeait un démon qui l'observait. Certaines nuits, il chassait la femme de la maison et la faisait dormir dans l'enclos des brebis ou dans la lainerie. Si elle le regardait de son œil unique, il la giflait violemment. Lorsqu'elle lui servait à manger, Rojas lui faisait goûter au préalable, de peur qu'elle ne veuille l'empoisonner. Il est allé jusqu'à l'obliger à sucer son cheval, rien que pour l'humilier, m'a-t-il avoué. Arrivé au milieu de l'automne, il l'a tuée. Il lui a planté son couteau dans le cou, comme il le faisait avec les moutons, et l'a enterrée derrière la ferme. Puis il a oublié l'affaire. Il est resté tranquille pendant un temps, comme s'il s'était débarrassé d'une gêne, comme s'il s'était remis d'une longue maladie. Il partait des journées entières, ne rentrait qu'à la nuit tombée. Mais avec les premières chutes de neige Rojas a commencé à se sentir de nouveau seul. Il éprouvait du remords. Il se rendait là où il l'avait enterrée et, ne sachant pas prier ou dire des mots doux, il amassait sur sa tombe des petits cailloux et des plumes. Il a fini par la déterrer et l'emmener de nouveau à la ferme, l'a lavée et l'a couchée sur le lit. Son corps était intact, du fait des basses températures. Il dormait avec elle. Qui sait ce qu'il faisait encore.

Aujourd'hui l'albatros est revenu après plusieurs semaines d'absence. J'ai reconnu, avant même la naissance du jour, le bruit particulier de ses ailes autour du phare. Au premier rayon de soleil, je me suis hissé jusqu'à la lanterne. Ses circonvolutions rétrécissaient à chaque tour, jusqu'à ce que, passant tout près de moi, je puisse distinguer, dans son bec rougi de sang, un morceau de viande semblable à un doigt. Je me demande si ce n'en était pas un. Je me demande si ce carnivore n'a pas déniché les restes d'un naufrage, profitant de l'occasion pour s'alimenter une fois encore de chair humaine.

Le détenu qui travaillait comme bibliothécaire à la prison s'appelait José María Villegas. Il avait été condamné pour l'assassinat d'un usurier à qui il devait une fortune. C'était un homme doux, un contemplatif - par ailleurs un inverti notoire, ayant été, tout au long de sa peine, la « femme » de plusieurs détenus -, qui consacrait le plus clair de son temps à solliciter par courrier des dons de livres auprès d'associations et de particuliers. Par un après-midi où la neige tombait sans répit, il m'a raconté l'histoire de son grand-père. Son nom était Calixto Villegas. Il gagnait sa vie comme muletier. À l'âge de vingt ans, il prit pour épouse une jeune fille du sud de Córdoba. Et alors que celle-ci, enceinte, se trouvait à deux mois du terme, Villegas s'en alla conduire avec quatre autres un petit troupeau jusque dans une ferme au nord de Buenos Aires. Sur la route, ils furent attaqués par des Ranqueles. Les Indiens assassinèrent tous ses compagnons. Calixto, qui parlait un peu la langue des sauvages, se mit à genoux et implora clémence. En l'entendant bredouiller ces quelques mots dans leur langue, les Indiens s'esclaffèrent et l'encerclèrent plus étroitement de leurs lances maculées du sang des quatre malchanceux. Sanglotant tel un enfant, pensant au sien qu'il ne connaîtrait pas, Calixto se releva et exécuta une série de sautillements désespérés, se tenant la tête entre les mains.

Le chef du groupe de guerriers interpréta ces contorsions angoissées comme une sorte de danse ; il rit de voir ce chrétien préférer se rabaisser de la sorte plutôt que de mourir comme un homme, et décida de l'emmener au campement afin de divertir sa tribu. Calixto Villegas allait vivre vingt-cinq ans dans le désert. Il y tint les rôles de bouffon et d'esclave. Lors des bacchanales auxquelles se livraient volontiers les sauvages – et qui pouvaient durer plusieurs jours -, s'enivrant jusqu'à perdre connaissance, on s'amusait en tapant sur le chrétien, en le faisant danser ou en l'humiliant de différentes manières. La tribu tout entière, femmes et enfants compris, s'en servait comme esclave ou comme source de distraction. Les petits lui jetaient des pierres ou le fouettaient au moyen de brides et même de cravaches de cuir ; les femmes l'envoyaient chercher de l'eau à la lagune, l'astreignant à toutes sortes de travaux domestiques. La tribu le trouvait à ce point utile que tout un chacun gardait sur lui un œil zélé, c'est pourquoi il ne parvint jamais à s'enfuir. Petit à petit, Calixto devint l'un des leurs ; il buvait, à genoux, le sang chaud du cheval tout juste sacrifié, se soûlait, partait chasser ou dérober du bétail avec ses ravisseurs et, au bout de quelques années, alla jusqu'à participer aux embuscades qui désolaient la frontière. La fille d'un chef, qui du fait de sa laideur proverbiale ne trouvait pas de prétendant parmi les hommes de la tribu, finit par s'intéresser à lui, et il fut obligé, par ordre du cacique, de la prendre pour épouse. Cette Indienne, probablement l'une des créatures les moins gracieuses du désert, fut pourtant la seule à lui procurer douceur et respect. Ils eurent trois enfants. Les années passèrent. Les sauvages finirent par oublier que Villegas était chrétien, ou bien celui-ci s'était à ce point assimilé à ses bourreaux qu'ils le laissèrent tranquille. Il avait le droit de se déplacer à sa guise et cessa d'être traité comme un bouffon et un esclave. À la tombée du soir, il s'asseyait à l'entrée de la tente qu'il occupait avec son épouse et ses fils. Envahi par une sombre mélancolie, il fixait l'horizon en pensant à sa femme chrétienne et à cet enfant qui grandirait sans son père. En décembre 1875, Villegas et ses trois fils intégrèrent le « Malón Grande », cinq mille lances provenant de différentes tribus qui ravagèrent la campagne de Buenos Aires. Les Indiens furent vaincus. Les trois fils de Villegas périrent aux abords d'Azul, et Calixto, s'étant retrouvé à la merci d'un commando, se remémora ses origines chrétiennes : usant des mêmes subterfuges que vingt-cinq ans auparavant, il se prosterna devant les soldats, leur expliquant qu'il était captif des Indiens, lesquels l'avaient obligé à participer au raid. Il fut fait prisonnier et déféré devant le capitaine chargé de défendre la frontière. Ce militaire, qui avait pour nom Francisco Villegas, était le fils que Calixto n'avait jamais connu. Ils étaient à ce point semblables que la filiation ne faisait aucun doute : on aurait dit que le capitaine était le double rajeuni et civilisé du vieux rescapé. Afin de lever le moindre doute, Calixto raconta son histoire et mentionna le nom de sa première épouse, que le militaire reconnut comme sa mère, récemment décédée. Ses devoirs filiaux l'empêchèrent de le fusiller, toutefois le capitaine ressentit une telle honte et une telle rage envers son père qu'il le lui fit payer amplement, le réduisant à servir de spectacle édifiant pour la troupe et les colons. Il l'exhibait comme exemple de lâcheté, de trahison envers sa race. De temps en temps, il sacrifiait un cheval pour donner à voir le sauvage se jeter à terre, avide de s'abreuver du sang chaud de l'animal…

À partir de 1919, certaines entrées sont précédées d'un mot, unique et énigmatique : *Visite.* Ce genre d'observation revient, généralement, une fois par mois. C'est le cas en avril, mai, juin, août, novembre et décembre de cette année-là. Plus tard – en février, mars, avril, mai, juillet, octobre et novembre 1920 -, la mention *Visite* en vient à ne plus former qu'un maigre *V*, pouvant chapeauter deux ou trois jours de suite. À cette lettre solitaire s'accrochaient, telles des grappes obscures, des paragraphes délirants : des apparitions, des voix qui résonnent dans le phare, le son – « la plainte horrifique », écrit Evans – de la corne de brume, des taches de sang, des mouches. Un déconcertant état de folie, que les duretés de la culpabilité et de la solitude durent aggraver.

Par exemple :

Aujourd'hui la visite s'est prolongée plus qu'à l'accoutumée. Les mouches sont restées figées, dans un coin du plafond, sur l'horloge : un nuage miniature. Bruits, rires, poursuites. Par instants, le phare a tremblé sur ses fondations, comme si le marteau d'un dieu frappait l'îlot. Je les ai aperçues à l'approche du crépuscule. Diffuses, debout dans l'escalier en pierre, enveloppées dans la lumière qui entrait par les embrasures. Portant les mêmes robes que ce jour-là. Elles souriaient… Le Seigneur est mon berger. Quand je marche dans la vallée de l'ombre de la mort, je ne crains aucun mal, car tu es avec moi. Traces de sang tachant les marches, les lucarnes en hauteur, les vitres de la lanterne, l'optique. J'ai vu la mère avancer sur le mur, suivant la spirale de la tour, la fille sur ses talons...

Plus loin, il écrit :

La corne de brume a retenti au beau milieu d'une nuit dégagée et constellée d'étoiles. C'est une plainte rauque, intermittente, la lamentation d'un géant ; un son qui semble remonter du plus profond de l'au-delà. Je l'ai entendu, à intervalles réguliers, durant toute la nuit. À l'aube, lorsque j'ai quitté la chambre, je les ai vues qui m'attendaient en se tenant la main, sous la statuette de la Vierge. Elles étaient coiffées d'un diadème de mouches.

Du sang partout, du sang et des mouches. Les mouches qui naissent de la putréfaction. *Calliphoridae*, *Phaenicia*, *Lucilia caesar*. À Babylone, où a vécu et copulé la Grande Prostituée, les mouches étaient considérées comme des amulettes ou comme des dieux : Belzébuth, Sa Majesté des Mouches. La métamorphose des mouches était déjà connue dans l'Égypte antique. Sur un papier retrouvé dans la bouche d'une momie figure l'inscription suivante : « les vers ne deviendront pas des mouches en toi ». J'écoute la musique des mouches, la poésie de la putréfaction : *Calliphoridae*, *Phaenicia*, *Lucilia caesar*, *Carcophagidae*, *Silphidae*, *Staphylinidae*, *Histerida*, *Necrophorus humator*, *vestpilloides*, *vestigator*, *Necrodes littoralis*...

La mère est cruelle et plus trouble que sa fille. Elle se manifeste comme une tache sans visage. Elle commande les mouches, au moyen de gestes statiques, contenus, auxquels elles répondent en exécutant des danses aériennes, formant des dessins éphémères, une couronne sombre auréolant la tête de la Vierge, signes d'une langue qui m'est inaccessible. Il lui arrive de hurler. Le son qu'elle émet parfois est celui de la corne de brume. D'autres fois, c'est le cri qui s'est incrusté dans mes oreilles au moment où je l'ai tuée. Dernièrement, la corne de brume reproduit le même cri à intervalles réguliers. La terreur me confine dans ma chambre. Pour une raison que j'ignore, elles ne peuvent y pénétrer. Je les entends chuchoter, rire derrière la porte, marcher là-haut, sur la lanterne. Je reste ici des heures, des jours parfois, jusqu'à ce qu'elles décident de partir.

15 juillet

Rien à signaler. Je suis sans nouvelles du *Wulaia*.

Bruine et brouillard. Je relis les notes d'Evans.

16 juillet

Une tempête se déchaîne peu avant dix-huit heures. Des vagues démesurées s'abattent sur l'îlot, un vent violent souffle autour du bâtiment. Je suis envahi d'une antique terreur, celle-là même qu'ont dû éprouver les premiers hommes confrontés à la fureur des éléments.

Je m'enferme dans la chambre. J'ai l'impression que les murs tremblent. Le bruit est invraisemblable, comme l'était le déluge d'acier qui s'abattait sur les tranchées.

La nuit progresse et la tempête ne cède pas. Je me remémore le *Livre des tempêtes* de la compagnie. C'est ainsi que l'on nommait officieusement un registre cartonné, aux motifs verts et ondulés comme les fonds marins. Le livre était rangé dans le bureau de mon mentor (il doit s'y trouver encore), sur une table près d'un globe terrestre. On y consigne, depuis des temps reculés, les disparitions survenues dans les phares de la Northern Lighthouse Board. L'ouvrir revenait à se pencher au-dessus de l'abîme, épier les annales du Démiurge. Des pages d'océans et de vents mugissants. Un vaste cimetière marin. Des morts privés de corps, détruits par les obus de la mer. Autant de phares, de noms et de dates se succédant, en style télégraphique. Par exemple : Phare d'*Eilian Mor*, îles Flannan, Marshall Ducat et McArthur disparaissent le 6 décembre 1900, sans aucune trace. Phare de *Fair Isle North*, île Fair, William Craig, disparu, 22 février 1902. Mais une annotation m'a marqué plus que les autres – sans doute parce que, dans mon enfance, j'avais rencontré le protagoniste un soir d'été chez M. Stevenson -, celle concernant l'ingénieur Winstley : en 1903, à quelques milles marins de Plymouth, le phare qu'il supervisait avait été arraché de ses fondations par une tempête et entraîné dans les profondeurs, emportant l'homme avec lui.

La peur m'accule à un état de semi-léthargie. Je demeure prostré des heures durant. Je crains que le phare ne s'effondre et ne m'enfouisse. Soudain, dans un bramement sourd, une vague gigantesque percute la tour. Je me retrouve au sol, trempé et désorienté. L'eau s'écoule par la trappe restée ouverte et dévale l'escalier, emportant casseroles, couverts, conserves, chaises, l'horloge de parquet, un oiseau empaillé, quelques vêtements, les yeux de verre que j'ai laissés sur la table, entre autres objets indiscernables. Le vent fait battre la porte du phare, comme s'il s'agissait d'une planche en bois et non d'une lourde plaque en métal. Je me jette à bas des marches. Je bloque la porte avec des tonneaux vides et la carcasse de l'horloge anéantie. Une deuxième vague vient alors se fracasser contre l'ouvrage. En se retirant, l'eau laisse sur les marches une constellation de méduses et de poissons agonisants. Je remarque la croix faite de deux côtes de baleine. Je la décroche et l'utilise pour mieux verrouiller la porte. Je pense sans cesse à la fissure à la base du phare. La tour peut basculer à tout moment.

Le vent a soufflé toute la nuit. L'eau n'a rien épargné. Ni mes vêtements ni les couvertures. Le charbon aussi est ruiné. Je ne retrouve plus le journal de bord contenant les notes d'Evans et les articles sur son crime. Sans doute a-t-il été emporté par la vague. Si le carnet où je consigne ces notes n'a pas connu le même sort, c'est uniquement parce qu'il était dans la poche intérieure de mon manteau. Les livres (la Bible et le recueil de poèmes), que j'avais laissés dans l'armoire, sont intacts.

Tout au long de la matinée, le soleil perce à grand-peine à travers les nuages. Je sors des vêtements et du charbon pour les faire sécher.

J'ai les mains et les pieds engourdis. Mon écriture tremblotante devient étrange, méconnue, comme si les phrases étaient d'un autre. Malgré tout, écrire est une façon de rester occupé. Écrire et faire le tour du phare. Tel un condamné dans une cellule à ciel ouvert.

À l'approche de midi, les nuages se dispersent. Je m'installe au soleil, à l'autre bout de l'îlot, sur l'esplanade des crabes. Un fumet de vapeur s'élève de mes vêtements humides. Je m'aperçois soudain que la tombe a disparu, sans doute a-t-elle été fauchée par la tempête.

Les os d'Evans doivent se trouver à présent au fond de l'océan.

Je me suis endormi au soleil, dans le hurlement des oiseaux. Ces quelques heures de repos m'ont fait du bien. Mes vêtements sont pratiquement secs.

L'après-midi voit les nuages assombrir de nouveau le ciel. Il est l'heure de regagner le phare et de mettre de l'ordre dans le chaos laissé par la vague. Je reconnais, en franchissant l'entrée, l'horloge en morceaux. Dans l'escalier, des casseroles et des yeux de verre, des poissons, l'oiseau empaillé.

Je monte, l'horloge sur le dos. J'entends tinter des bris de verre, quelques pièces arrachées. Je parviendrai peut-être à la réparer. Je redescends chercher ce qui reste.

17 juillet

J'ai somnolé tout au plus. Au manque de sommeil vient s'ajouter une douleur profonde au fond des yeux, une sensation d'étouffement à chaque respiration. Dès que je tousse, je crache un peu de sang. Cela ne m'était pas arrivé depuis longtemps. Même le soleil paraît souffrant ce matin, rognant l'îlot sans conviction, sans laisser aucune chaleur.

Il me semble avoir fait un rêve important : je ne saurais dire ce qu'il en est vraiment. Je vais dans la cuisine pour me faire un café. Sur les trois couteaux que j'ai laissés hier à côté du fourneau en fonte, il n'en reste plus que deux. Ils étaient là. Disposés par ordre croissant. Je cherche le couteau manquant.

Rien.

Je pense à ce couteau. Avec son manche en corne.

Tout en préparant le café, je fais l'inventaire des provisions. Deux boîtes de conserve, une tranche de porc salé, un sachet de biscuits humides. Je constate que j'ai puisé dedans à un rythme normal, sans tenir compte des pertes au moment du déchargement. J'ai tenu pour acquis que mon séjour serait bref, alors qu'il se peut qu'il dure plus que prévu.

Je me sens stupide, ridicule. Un tel manque de prévision – l'inconséquence de mon comportement – n'est pas digne de ma personnalité. Je suis un homme sensé, méthodique. Pourtant, dans le cas présent, j'ai péché par désinvolture, voire pire. Je ne saurais excuser ma conduite.

Une analyse rapide m'amène à la conclusion suivante : ayant épuisé les provisions, je pourrais toujours me nourrir de poisson, de crabes, d'oiseaux. L'eau, en revanche, est une autre affaire. À partir de maintenant, il me faudra la rationner. Finies les erreurs.

Je m'assieds à table avec une tasse de café, devant moi gisent les pièces du mécanisme de l'horloge que je viens de démonter. J'ignore si je serai capable de le réparer. Je m'y essaierai plus tard. En cet instant il est primordial d'établir la liste des vivres. Tandis que j'écris, Evans descend de la lanterne, tenant un chiffon taché de sang dans la main et l'albatros mort dans ses bras.

Sa voix me fait sursauter :

– Il a tourné autour de la lanterne pendant des heures la nuit dernière. Puis il a voulu entrer et s'est fracassé la tête contre la vitre.

– Ça arrive souvent ? demandé-je.

Evans hausse les épaules. Il s'assied sous l'effigie de la Vierge, l'oiseau sur les genoux, dont le long cou pend mollement.

– Ça arrive.

J'avale une gorgée de café. Evans caresse le plumage de l'oiseau.

– J'ai complété l'inspection, lui dis-je.

J'entreprends de le tenir informé des imperfections qui minent la structure. Evans paraît distant, loin de moi et des choses qui l'entourent ; Par-delà, même, l'oiseau qui ressemble soudain à une fillette emmitouflée dans une robe de deuil.

Il m'interrompt.

– Quand ils s'écrasent contre la lanterne, je dois nettoyer les éclats de verre. S'ils ne meurent pas sur le coup, je les retrouve sur le balcon, battant des ailes, le bec ouvert.

Evans sort de sa poche le couteau au manche de corne. Il tranche sans mal la tête de l'oiseau. Laisse tomber le corps, se relève, avance jusqu'à la cuisine. Sur une pierre plate, il affûte son couteau.

– Comme lorsqu'elles me rendent visite – il fait glisser la lame sur la pierre, une face, puis l'autre. Elles courent plongées dans un nuage de mouches, laissent des traînées de sang dans l'escalier, sur les poignées de porte, sur les lentilles de rechange, et je passe des journées entières à tenter d'en nettoyer les traces…

Je ne peux détacher mon regard de ses mains. Ses doigts caressant la lame.

– Faut les voir comme des oiseaux qui seraient entrés et voleraient en aveugle à l'intérieur du phare, affolés, se cognant contre les murs…

– Qui ça ? Qui est comme des oiseaux ? demandé-je.

Evans sourit. L'albatros mort, gisant au sol, s'est transformé d'un coup en un serpent sans tête, rampant, aveugle, sans but.

J'ouvre les yeux. Je me retrouve seul à nouveau. Endormi sur la table, entre les pièces éparses de l'horloge, la tasse de café refroidi et la liste des vivres, inachevée…

Le souvenir du rêve se refuse à disparaître. Je le consigne aussitôt dans mon journal.

Plus tard

La nuit s'installe. Je retrouve le couteau aux pieds de la Vierge, dans la niche qui l'abrite. Je n'ai pas le souvenir de l'y avoir laissé, mais je suis seul à pouvoir l'avoir fait.

Je m'évertue à assembler l'horloge. C'est un casse-tête bien trop complexe. Je m'y remettrai demain.

Je monte jusqu'à la lanterne. À ce jour, je n'ai toujours pas observé de bateau sous ces latitudes. Rien, si ce n'est la mer houleuse et grise.

Un albatros tourne autour du phare.

Un albatros noir, comme celui que décrit Evans dans son journal.

Les nuages sont si bas que les vagues semblent leur décocher des coups de langue.

Plus tard

Dehors tombe une neigée oblique. Je lis le livre du prophète Samuel, dernier Juge d'Israël, dont Evans a profusément annoté l'épisode sur Goliath.

Ce passage semble l'avoir obsédé.

Qu'est-ce qui dans cette histoire a pu l'attirer à ce point ?

L'autre Samuel – Coleridge – m'offre aussi quelques moments de distraction. La poésie en général ne m'enthousiasme guère. J'admets toutefois que l'histoire du vieux marin et de l'albatros et du bateau qui dérive en enfer est une lecture très à propos. Toujours est-il que je continue à ne pas savoir comment ce livre s'est retrouvé dans mes bagages. Je sais en revanche que, jusqu'à la dernière minute, j'ai entretenu l'espoir de voir la compagnie annuler ma mission. Comprenant que mes espérances étaient vaines, il m'a fallu préparer mes bagages au pas de course, au petit matin. Dans l'urgence, j'ai sans doute interverti les livres, puisque j'avais dans l'idée de prendre avec moi l'ouvrage d'analyse mathématique de Hopkins. *Mea culpa.* Je suis un homme pratique, méthodique. Les fantasmes malsains des poètes et des romanciers m'ont toujours laissé de marbre. Je me souviens que M. Eddigton, professeur de littérature à l'internat d'Édimbourg, tenait Coleridge en très haute estime et qu'il nous rabâchait des heures durant ses vers et nous assommait avec sa poésie. En ce qui me concerne, Samuel – dont l'addiction à l'opium était notoire – n'a jamais suscité en moi de plaisir d'aucune sorte. Je l'ai toujours lu contraint par les circonstances…

Le sommeil serait le bienvenu. Je crains de ne pas parvenir à m'endormir.

La neige cesse peu après minuit. Le firmament éclot. Des milliers d'étoiles percent l'obscurité. L'océan est au repos. La surface de l'eau reproduit chaque astre.

C'est comme si je flottais entre deux ciels.

J'ai passé des heures dans la lanterne. J'avais le plus grand mal à m'arracher à la sensation de vertige que suscite la contemplation de l'enfer…

18 juillet

Ce matin j'ai eu un accident stupide. N'ayant pas réussi à fermer l'œil de la nuit, je suis sorti dans l'espoir d'apercevoir un signal quelconque en provenance du *Wulaia*. Une brume épaisse escamotait la mer. Je me suis approché de l'escalier taillé dans la roche. Derrière la brume, il m'a semblé détecter une masse en mouvement. Le bateau, ai-je pensé. Je me suis retourné et j'ai couru en direction du phare, afin d'obtenir confirmation du haut de la lanterne. À cet instant, une rafale de vent imprévue – des *williwags*, avait dit Burkhart – m'a percuté de plein fouet, me faisant trébucher. J'ai glissé sur la pente escarpée. En tombant, ma tête a heurté la roche, me faisant perdre connaissance.

Je suis revenu à moi, saisi d'effroi, cerné par les oiseaux. Je m'étais ouvert l'arrière du crâne et je souffrais d'une douleur aiguë aux côtes. Aucun os fracturé.

Je regarde en direction de la mer. Déchirant la brume, à quelques yards de l'îlot, un gigantesque bloc de glace dérive lentement. Silencieux et terrible, l'iceberg progresse comme un vaisseau fantôme. Les oiseaux qui m'encerclent s'envolent. Je vois l'ombre de l'albatros noir. J'ai à peine le temps de me couvrir.

Une volée féroce de coups de bec s'abat sur moi. J'essaie de me relever. Le poids et la furie de l'oiseau m'en empêchent. Je colle mon visage au sol afin de protéger mes yeux, agitant mes bras dans mon dos. Le volatile esquive mes coups, plongeant son bec dans mes bras et ses serres dans mon dos, ouvrant et fendant ma peau. Je me traîne jusqu'au phare. Je trouve une grosse pierre à côté de la porte. Je l'attrape, me retourne et frappe l'albatros à la tête. L'impact le met en déroute. La bête déploie ses ailes et tente de prendre son envol, mais ne parvient qu'à s'éloigner dans un battement d'ailes confus. Libéré de son poids, je peux trouver refuge dans le phare.

Je demeure un temps adossé à la porte, abasourdi, ensanglanté. L'ascension des marches me fait l'effet d'un labeur au-delà de mes forces. Cependant, je parviens à me hisser jusqu'en haut en prenant mon temps et en marquant de nombreux arrêts.

Je lave mes blessures, découpe une chemise, panse mon crâne.

Avant la tombée de la nuit, je grimpe à la lanterne, muni des jumelles.

J'avais vaguement dans l'idée que les icebergs étaient blancs, opaques. Celui-ci, pourtant, est d'un bleu déconcertant, quasi transparent. À l'intérieur du bloc de glace, j'aperçois une ombre allongée, obscure. Cela ressemble à un corps positionné à l'horizontale ou peut-être un morceau de bois, vestige d'un naufrage des siècles passés. Plus j'observe l'étonnante tache, plus je lui trouve une ressemblance avec le corps humain. Comme un mort prisonnier d'un gigantesque cercueil de glace.

Comment s'est-il retrouvé là ?

Est-ce là un sauvage de ces régions reculées ? Le malheureux marin d'une expédition antarctique ?

Un cadavre nomade dans le froid profond…

En baissant les jumelles, je distingue, reflétée sur la face bleue de l'iceberg, l'image ténue du phare.

Je m'endors dans la lanterne. Je fais un rêve aussi saisissant que celui de l'avant-veille Je me trouvais à Édimbourg, dans le bureau militaire. L'officier chargé du recrutement n'était ni écossais ni anglais, mais allemand. Il avait des yeux de rat. Ayant signé toute la paperasse, il me montrait une porte dans son dos en criant :

Wir fahren zur Hölle, Wir fahren zur Hölle…

À mon réveil, il y a un moment déjà, il fait nuit. Pour me rationner, je mange très peu, mais m'autorise deux tasses d'eau. Dans ma réserve il ne reste plus que : une tranche de porc salé, une boîte de conserve, un peu de sucre et du café, une demi-bouteille d'eau-de-vie, un quart de tonneau d'eau. C'est tout.

J'ai mal à la tête et mon flanc droit palpite, comme si là-dedans, entre mes côtes, avait poussé un second cœur.

Le froid m'engourdit jusqu'aux os. Le vent hulule à travers les embrasures, s'enroule dans l'escalier comme un animal invisible. Je tente d'allumer des morceaux de charbon pour le poêle, sans succès. Je fracasse une chaise. J'obtiens un feu misérable. Il reste deux autres chaises, les armoires, la table, l'horloge, les madriers du plancher, quelques boîtes et des tonneaux. Le bois brûle vite, mais c'est la seule source de chaleur dont je dispose.

19 juillet

Le froid m'arrache au sommeil avant le lever du jour. Je prépare du café. J'y ajoute une lichée d'eau-de-vie.

L'abattement rend la matinée sans fin. Je tente de remonter l'horloge. Je renonce. Je n'ai pas les outils qu'il faut. Et, quand bien même je les aurais, le mécanisme me désarçonne et met ma patience à rude épreuve. Je laisse les pièces en vrac dans leur compartiment, ferme le cadran, et remet l'appareil à sa place.

C'est alors que se détache l'un des panneaux latéraux, révélant un rouleau de papier.

Je le déroule sur la table. Il s'agit d'un plan du phare. À l'issue d'un examen rapide, je comprends que, dans ce deuxième document, les cotations générales diffèrent de celles de l'original, jointes au rapport de l'ingénieur Bustos. L'écriture d'Evans, reconnaissable entre toutes, fait état de zones qui n'existent pas, de chambres et de pièces imaginaires, de bifurcations dans l'escalier en colimaçon, de remises fictives. Certaines flèches rouges signalent d'obscurs emplacements, des puits d'ombre, des chemins invisibles. Les marges sont remplies de dates, relevés d'heures, latitudes et longitudes impossibles. Des symboles géométriques : cercles, triangles, losanges, triangles à l'intérieur de cercles.

Mais aussi certaines observations :

– *Direction prise par les esprits au lever du jour.*
– *Intervalles d'obscurité. Occultations.*
– *Asmodaï, Samael, Taumiel.*

– Intervalles d'obscurité de durée égale ; septième, huitième, huitième.

– Longs intervalles d'obscurité ; mouches…

Sans doute à cause de ma chute, j'ai moins d'appétit. D'un autre côté, cela représente un avantage. En revanche, j'éprouve une soif de tous les instants. Une sensation de sécheresse qui me brûle la gorge. Ce qui ravive en moi le souvenir d'un après-midi au front. Nous rentrions de la première ligne, ravagés par la soif. En passant devant les abattoirs, j'ai aperçu, tracée au charbon à côté du portail ouvert de l'étable, l'inscription suivante :

WINDSOR PALACE

Des hommes en tablier de caoutchouc tuaient des bœufs à coups de massue. Une fois les animaux à terre, les bouchers venaient planter leurs couteaux dans leur nuque, en même temps qu'ils leur tordaient le cou. Des jets bouillonnants et fumants s'échappaient des bêtes. Le sang dévalait le chemin où nous marchions. L'un des soldats de ma compagnie s'est laissé tomber à genoux et a bu de ce sang épais. J'ai vu un rat de la taille d'un chat fouillant dans une montagne de gras.

Le vent tourbillonne dans l'escalier.

J'entends des bruits, là-haut. Des oiseaux qui battent des ailes contre les vitres de la lanterne, ou qui marchent sur le toit en zinc.

Je me rappelle très bien sa tête.

Les canons allemands s'étaient tus. Dans le silence inespéré de cette journée pluvieuse a soudain retenti un unique tir d'obus.

Il est tombé quelques mètres seulement devant notre position. Lorsque le nuage de fumée et de boue s'est dispersé, j'ai vu à mes pieds une tête humaine. Ses yeux s'ouvraient et se refermaient, roulaient sans comprendre, avant de se fixer enfin sur le ciel. J'ai reconnu Phillipott, un jeune homme tout juste débarqué. Il ne devait guère avoir plus de vingt ans. Le sectionnement, d'une étonnante précision, avait été causée par un morceau de métal que je retrouverais plus tard fiché dans une poutre. À peu près aussi long qu'une baïonnette. Il avait effectué un vol horizontal, évitant tous les obstacles sur sa trajectoire, dans une direction parfaitement définie. Ce garçon était impatient d'engager le combat. Il n'a pas tiré une seule fois. Son corps est resté debout, les jambes enfoncées dans la vase jusqu'aux genoux, les mains fermement agrippées au fusil.

– Le factionnaire sans tête, a lancé quelqu'un.

Suivi aussitôt d'un petit rire nerveux.

À la tombée de la nuit, on nous a ordonné de passer en deuxième position. Le corps était resté là-bas, guettant le néant.

Je me souviens de six cercueils dans une église. Des boîtes de fines planches posées à même le sol en pierre. Le sang s'écoulant des cercueils (*plusieurs mots illisibles*) une immense flaque.

Je me souviens d'un autre cercueil abritant seulement une jambe.

D'épais nuages de sang au-dessus des tranchées. Des hommes volatilisés.

Les écriteaux à l'approche de la première ligne affichaient : *Gehena, Ripper's Coffin, Skeleton Trench…*

Nous entendions les vers s'affairer. Le couinement des rats.

Chaos. Cadavres sans sépulture. Bouillon de pourriture au fond des cratères.

Des hommes reniflant comme des chiens, traquant la moindre présence de gaz.

Plus tard…

Depuis hier je ne parviens pas à dormir. Je somnole tout au plus, je me réveille en sursaut. Un rayon de soleil pénètre dans la chambre à travers la lucarne en hauteur. Oblique, tangible, pourrait-on croire, tombant sur les cendres gelées du poêle.

Ces dernières heures ont été un soulagement pour mon corps malmené. La douleur aux côtes s'est transformée en une palpitation régulière. Je n'ai plus autant mal à la tête. Je ressens encore un léger vertige.

En revanche, les plaies ouvertes par les coups de bec saignent toujours. Je les nettoie et change régulièrement les pansements de crainte de les voir s'infecter.

Nuit. J'avale une tranche de porc. Les deux conserves de haricots qui me restaient sont avariées. Il m'est impossible de sauver quoi que ce soit.

À partir de demain il me faudra aller à la pêche ou à la chasse.

Les crabes de l'esplanade constituent des proies faciles. Je peux également ramasser des œufs. Il y a des nids entre les rochers.

Je bois une demi-tasse d'eau. La soif ne cesse de me tourmenter. Je m'autorise une tasse supplémentaire et quelques gorgées d'eau-de-vie.

Je passe des heures allongé sur le lit de camp, sans parvenir à trouver le sommeil.

20 juillet

Matin ensoleillé. Nuages blancs qui s'effilochent dans le ciel.

Je retire les pansements souillés de sang séché. Je nettoie une nouvelle fois mes blessures

À l'approche de midi, je m'endors enfin pour quelques heures. J'ai rêvé d'un couloir long et étroit. D'un aumônier debout sur les ruines d'une église. Le lieu regorgeait de statues criblées de balles. Tout en observant le ciel à travers la toiture pour partie effondrée, le prêtre répétait : « … voue-le à l'anathème avec tout ce qu'il possède, sois sans pitié pour lui, tue hommes et femmes, enfants et nourrissons… ».

Du salon me parvient soudain le bruit de l'horloge. Je sais pourtant que c'est impossible. Le mécanisme est un amas de pièces tordues, dispersées. Et pourtant, le son persiste. J'entreprends de me relever. Je m'affale sur le lit de camp. Je renouvelle ma tentative. Cette fois, je réussis à me hisser sur mes jambes et j'avance jusqu'au salon.

L'horloge, bien entendu, ne fonctionne pas. Je m'invente des histoires.

J'ai besoin de sortir, de prendre l'air. Repensant à l'albatros, j'emporte mon revolver et un couteau.

Je descends l'escalier. Mes doigts effleurent les croix adossées au mur. J'ouvre la porte. Le vent froid me revigore. Je tourne autour du phare. Sur mon parcours je tombe sur un énorme crabe rouge : un explorateur ayant abandonné l'esplanade de pierre, à l'autre bout de l'îlot. Le crabe ouvre et ferme ses pinces. Une défense vaine. Je pourrais le jeter dans de l'eau bouillante et le manger. Je me rappelle alors le crabe émergeant de la tombe d'Evans. Il se pourrait que ce soit le même. J'entends le craquement de sa carapace sous mon pied.

Je passe le reste de l'après-midi allongé. Le temps s'égoutte avec une lenteur exaspérante. Je m'inquiète du manque d'eau potable. La panique de la soif hante mes heures. Je tente de me convaincre que Burkhart viendra me sauver avant que la situation ne devienne critique, mais qui sait…

Je décide de mettre au point un dispositif permettant de recueillir l'eau de pluie. Une simple structure en bois, capable de soutenir un rectangle en grosse toile, avec un récipient en dessous. À la tombée de la nuit, j'ai installé sept dispositifs de ce genre : trois dans la lanterne, les autres à différents endroits de l'îlot. Je me demande si, le moment venu, je pourrais survivre en buvant du sang d'oiseau.

Cela paraît improbable. Toutefois, s'il devait ne plus revenir…

Juste avant le crépuscule, je vois au loin, éclairés sous les derniers rayons du soleil, les jets d'un troupeau de baleines. Elles s'éloignent en direction du sud.

L'albatros noir tournoie autour du phare. Je sais qu'il m'a repéré. Je suis une ombre derrière les vitres de la lanterne. Les cercles qu'il décrit en vol sont de plus en plus étroits, comme s'il cherchait à m'étouffer de ses ailes. À chaque tour, son œil gauche semble s'abîmer dans une haine antique, presque surnaturelle.

J'ai décidé de le tuer.

Je lui trancherai la tête.

Plus tard...

Je me suis endormi dans la lanterne. L'obscurité est totale. Il n'y a ni lune ni étoiles. Quelque chose me tire de mon sommeil. Un son lointain, intermittent. Il surgit et disparaît, au gré du vent.

Il me semble que je viens d'entendre de la musique.

Le vent s'engouffre en sifflant entre les panneaux de verre. J'entends de nouveau la même chose. Le phrasé caractéristique d'une clarinette. La musique disparaît là encore. Remplacée par un ronronnement monotone de machines. Soudain, de derrière la houle, un transatlantique déchire les ténèbres. Un colosse à trois cheminées, éclairant la nuit de tous ses feux. Sur la proue : *SS Leviathan*. Il passe si près que c'est presque un miracle qu'il ne percute pas l'îlot. Sur le pont principal je distingue les musiciens de l'orchestre. Ainsi que des hommes et des femmes dansant un *dixieland*. D'autres, appuyés sur le bastingage, boivent, fument, conversent. On entend des trombones et des trompettes, une clarinette, un piano. Vers la proue, trois marins en compagnie d'un officier scrutent la nuit, sans percevoir la proximité du rocher qui émerge de l'eau. Un rire féminin s'élève un instant et se dissipe aussitôt. Le contraste entre le paquebot et l'isolement lugubre du phare est saisissant. Personne ne semble avoir remarqué qu'ils ont frôlé la catastrophe. Le *SS Leviathan* s'éloigne, laissant dans son sillage une écume évanescente de musique et de rires.

Dévoré par les ténèbres.

21 juillet

Je sors au petit matin sur le balcon. Avec les jumelles, je cherche, à l'ouest, des traces du transatlantique. Rien. Sinon l'horizon vide, invariablement.

Plus tard, je fais le tour de l'îlot. Il n'a pas plu. Aucune trace de l'albatros non plus. Sur l'esplanade, cachés entre deux rochers, je découvre un nid et trois œufs. Je les garde dans la poche de mon manteau.

La journée s'achève sans qu'il y ait plus rien à signaler.

22 juillet

Nouvelle nuit d'insomnie. Au petit matin, le cri d'un oiseau, semblable à celui d'un humain, me réveille en sursaut. Puis plus rien.

J'entends une nouvelle fois l'horloge. Le pendule oscille à un rythme anormal, lentement, comme sous l'effet d'une force invisible. Il s'arrête par moments, et repart. Il résonne distinctement à l'intérieur du phare. Pourtant, l'horloge est toujours en panne.

Je retourne dans la chambre. Je ferme la porte.

Je perçois alors l'odeur de pourriture, inéluctable.

Un murmure : *Ingénieur…*

Je ne suis pourtant pas (*plusieurs mots illisibles*) rayon de soleil à travers la lucarne. C'est sans doute le vent qui s'engouffre sous une porte.

Le vent, oui, sans doute. Mais l'odeur…

Vient-elle d'en haut ? Y aurait-il un oiseau mort dans la lanterne ?

Je vais devoir m'occuper de cela aussi.

Plus tard...

Je monte à la lanterne. Je dois me débarrasser de cet oiseau qui pourrit quelque part. Je fouille dans les moindres recoins à la lueur de la lampe, y compris sous le moteur de rotation de l'optique. Rien.

Je redescends. Je m'assieds à table. Dans l'air persistent des relents nauséabonds. Je constate avec effroi que la boîte contenant les yeux de verre est ouverte. Alors que je me trouvais là-haut, quelqu'un s'est servi de ces perles teintées pour former un mot :

Deutschland

Je ne saurais expliquer (*plusieurs mots illisibles*).

Une heure s'écoule, peut-être deux.

Je suis prisonnier d'un mur circulaire. Du vent. Et de la houle qui, par moments, prend la forme d'un cylindre, d'une prison liquide.

Je ne voudrais pas tirer de conclusions hâtives. Néanmoins, il paraît évident que cette situation échappe complètement (*plusieurs mots illisibles*). Tout semble indiquer que je souffre d'une perte de mémoire. Ou pire encore. Un trouble affectant ma perception, conséquence de l'accident subi quelques jours plus tôt.

Je retourne dans le salon. Le pendule s'est arrêté.

Les yeux de verre sont tous dans leur boîte.

23 juillet

Nouvelle nuit sans sommeil. Je brûle les derniers meubles dans le poêle. Transi de froid, je perçois, par effluves intermittents, la puanteur fétide qui s'insinue sous la porte.

Le matin, je monte vérifier les lieux une fois encore. Je n'y vois rien pouvant être à l'origine de la pestilence qui envahit la tour.

J'avale une tasse de café. Je quitte le phare. J'avance jusqu'à la falaise. Les crabes se déplacent à une vitesse anormalement lente. Un peu plus loin, je repère une forme au sol.

C'est un mot formé de cailloux :

Deutschland

Je regagne le phare, j'en gravis les marches. Lorsque je pénètre dans le salon, les effluves me frappent de plein fouet. Dans sa niche de pierre, la Vierge a un drôle d'aspect. Rivés à son visage, deux yeux d'oiseaux, jaunes, m'observent fixement.

Je m'enferme dans la chambre.

Je dois laisser une trace de ces événements. Je suis un homme rationnel et méthodique. Les détails ont leur importance. Dans ma situation, ces hallucinations (*plusieurs mots illisibles*) conséquence de mon accident et du manque de sommeil.

Cela fait deux jours que je ne dors pas.

L'écriture est mon unique occupation, une façon de (*plusieurs lignes illisibles*) tant que je serai capable d'écrire deux mots à la suite.

J'entends alors, de l'autre côté de la porte :

– Ingénieur…

S'ensuit un court silence. Puis la même voix :

– Ingénieur, connaissez-vous la raison de votre présence ici ?

Des pas, au-delà de la porte. Cette odeur fétide…

– N'avez-vous rien à vous reprocher ? N'y a-t-il aucune tache sombre dans votre passé ?

Silence.

– L'albatros noir m'a dévoré les yeux.

L'odeur…

Un temps. Et de nouveau le même chuchotement :

– Ingénieur, connaissez-vous la raison de votre présence ici ?

Plus tard, toujours de nuit…

Mon nom est Bradley. Ingénieur David Bradley. Officier de réserve au grade de lieutenant. Régiment des Écossais de Londres. 56e division. Blessé (gazé) lors de la bataille de la Somme, en 1917.

Je suis un homme rationnel et méthodique. Un homme discipliné.

Emplacement : îlot Schouten.

Localisation : détroit de Le Maire, 54° 38' 17" de latitude sud, 64° 51' 28" de longitude ouest, République argentine.

Inspection : phare l'Œil de Goliath (ou Goliath).

Circonstances : en proie à des visions et des voix résultant d'un coup sur la tête, accident survenu quelques jours plus tôt.

À présent, je me sens en meilleure forme, même si je crains de ne pas réussir à dormir.

Le jour se lève. Un épais rideau de brouillard encercle l'îlot.

J'ignore quel jour on est. Cela n'a plus d'importance. Le temps, tel que le vivent la plupart des gens – ce lent enchaînement de secondes, de minutes, d'heures, de jours –, n'a aucune prise dans un lieu comme celui-ci.

J'ai délaissé le rapport qui m'avait été commandé. Je compte bien racheter ce faux pas. À partir de maintenant, je m'attelle à la rédaction d'un second rapport, plus exhaustif (et insaisissable).

Un rapport sur l'état de mon âme…

Second rapport (ayant trait à un certain dérèglement spirituel) :

Je souhaite, avant toute chose, présenter mes excuses aux membres de la commission. Juges d'Israël : si d'aventure mon comportement ou la façon dont j'ai mené ma mission (*plusieurs mots illisibles*) me rétracter de cette offense, réelle ou imaginaire. Je ne tolère pas l'improvisation. Mes antécédents – inspecteur pour le compte de la compagnie, des îles Hébrides jusqu'à Stranraer, suivant la côte atlantique, et le long du littoral de la mer du Nord – sont gages de ma probité et de ma compétence.

Je suis un homme responsable, méthodique. Tout le monde en convient.

De sorte que je n'ai nullement l'intention d'éluder ma responsabilité dans l'affaire, si toutefois elle devait être engagée. Je ne prétends pas non plus me justifier. Il se trouve, néanmoins, des circonstances atténuantes. Des contretemps. Par exemple, un bombardement ininterrompu. L'odeur, les rats, la boue. Des ordres absurdes. Un nuage vert gazeux qui approche au petit matin. *Croix bleue. Croix jaune. Croix verte. Gaz moutarde.* Attaquer, reculer, attaquer. Une pluie perpétuelle de chair et de sang.

Je veux dire : certains imprévus ont bouleversé ma mission.

Mes mains tremblent. Il se peut que j'aie, aussi, un peu de fièvre.

Ma destination première – le phare du Nouvel An, sur l'île Observatorio – a été modifiée de façon inattendue. Je me trouve à présent, comme indiqué plus haut, sur l'îlot Willem-Schouten. Bien que vous soyez en possession de coordonnées précises, je crois savoir que ce lieu n'apparaît pas sur les cartes. Sur cet îlot il y avait une tombe. La tombe d'un assassin. Mais elle a été emportée par la tempête. Réduit à un rationnement strict, j'ai vu mes provisions disparaître à une vitesse anormale. Un constat qui vaut également pour l'eau potable. Je ne consomme jamais plus de deux tasses par jour. Pourtant, j'ai l'impression que mes réserves disparaissent comme si un nuisible invisible, ou peut-être un esprit…

Le froid me ronge les os.

Les oiseaux sont un sujet à part. Il s'en trouve des centaines, agglutinés entre les rochers. L'un en particulier semble doué d'une conscience supérieure, presque humaine. C'est un albatros noir, carnivore. Ces oiseaux sont la voix de Dieu. C'est ma conviction. Ou plutôt : l'albatros noir criaille le message du Créateur, lequel, indéchiffrable, se perd, qui plus est, au milieu de vulgaires hurlements proférés par milliers. De la même façon, je tiens à témoigner que, chaque fois que j'ouvre la Bible, je tombe sur le même fragment du Livre de Samuel, dernier des « Juges » :

Pendant quarante jours, Goliath mit au défi les Israélites.

J'ai, moi aussi, entendu ce défi. Il provenait d'une voix métallique, gutturale. La voix cauchemardesque qui, entre deux bombardements et (*plusieurs mots illisibles*), de jour ou de nuit, nous empêchait de dormir.

La voix hurlait, dans un mégaphone en laiton :

Deutschland Deutschland

La nuit. Entre deux bombardements.

Un soldat de ma compagnie a été capturé par les Allemands. C'était un gars de Leicester, que tout le monde appelait Giggles, parce qu'un rien le faisait rigoler. Quelques jours plus tard, Giggles a réussi à s'évader. Lorsqu'il a rejoint notre position, il avait perdu l'habitude de rire. Il nous a raconté que l'homme au mégaphone était un géant à qui il manquait un œil. Il avait le crâne rasé. Ses mains, a-t-il dit, étaient comme « d'énormes poêles en acier ». Aux heures mortes, il demeurait assis, le regard rivé au sol. À la nuit tombée, il se traînait hors de la tranchée, et se postait dans le no man's land. Ainsi enfoui au milieu des cadavres, il criait tout au long de la nuit dans son mégaphone. Sa voix grave retentissait comme des coups de marteau. À peine poussait-il son premier cri que nos obus balayaient la zone. Dès que les explosions cessaient, l'Allemand recommençait. Il changeait de place, il se déplaçait. C'était un fantôme. Un esprit. Sa voix nous parvenait de l'est. D'autres fois, elle surgissait à l'ouest. Dix, quinze minutes de feu d'artillerie dans cette direction. Puis plus rien pendant un certain temps. Nous attendions.

L'avions-nous touché ? L'Allemand pourrissait-il en enfer ? C'est alors que nous l'entendions de plus belle. Il vociférait ses insultes en allemand. Mais aussi dans un anglais difforme, méconnaissable. La plupart du temps, il hurlait un seul mot : *Deutschland.* Deux fois, en laissant flotter un très bref silence dans l'intervalle. J'ai moi-même vu le géant, au cours d'un assaut contre les tranchées ennemies. Un colosse. Debout au bord du parapet, portant un masque à gaz, il crachait le feu de son lance-flammes. Il avait soudé deux cornes sur son casque en fer. Un minotaure expulsé de l'enfer. Une balle l'a envoyé à terre, mais à la nuit tombée sa voix métallique nous est de nouveau parvenue :

Deutschland Deutschland...

Evans – assassin et embaumeur – était obsédé par l'apparition biblique de Goliath. Je crois en connaître la cause : la double vision du bourreau. L'instant précis où son regard se scinde, lui permettant de se contempler dans sa totalité. L'assassin évolue. Son corps phagocyte le crime. La chair pourrissante de ses victimes se transforme en la sienne propre. Assassin et victime échangent leurs masques (*prosôpon*, personne). L'albatros de Coleridge et celui d'Evans. David et Goliath. Les deux faces d'une même pièce.

Je regrette sincèrement de m'être éloigné du sujet principal (technique) qui nous occupe. Mais aucun de vous n'a été en enfer et j'entends, si cela est encore possible, mettre mon âme à l'abri. L'océan et l'éternité, je le sais, se moquent de nos prétentions. Sans doute mon entreprise est-elle vouée à l'échec. Je dois néanmoins la tenter. Quiconque serait dans ma situation agirait, ou aurait agi, de la sorte. Étant donné que les conséquences d'une longue exposition à la terreur sont imprévisibles. On oublie. On oublie qui l'on est et pourquoi on est là. On oublie les autres. On oublie l'équipement essentiel. On oublie sa propre âme.

Quoi qu'il en soit, je ne souhaite pas voir se reproduire ici ce qui est arrivé vingt ans plus tôt, dans le phare d'Eilean Mor. Un fait d'une telle nature pourrait causer de grands dommages à la compagnie. Nombre d'entre vous, il me semble, travaillaient déjà à l'époque pour la Northern Lighthouse Board. Certains faisaient même partie de la commission d'investigation qui s'est rendue aux Hébrides pour les besoins de l'inspection. Le phare et la chapelle, sur l'île Flannann, lieu de la disparition de Marshall, de Ducat et de MacArthur. Vous souvenez-vous de l'affaire ? Non ? Vaguement, peut-être ? Au moment de la relève, le phare était vide, plongé dans le noir. On a attribué l'absence des trois hommes au passage d'une tempête, à une gigantesque vague. Pourtant, durant le mois de décembre, il n'y a pas eu de tempête dans la région. On ne s'est pas attardé non plus sur la dernière entrée dans le journal de bord du phare. Après avoir fait savoir que ce n'était pas dans ses habitudes, l'un des hommes avait écrit : *J'ai prié toute la nuit...*

J'ai ma propre théorie sur ce qui est arrivé en ce lieu. Mais cela doit faire l'objet d'un autre rapport. Par ailleurs, je ne crois pas que cela puisse vous intéresser.

Je vous imagine, messieurs, réunis autour de la maquette de la Grande-Bretagne qui occupe une partie non négligeable du bureau de M. Stevenson, mon mentor. Je vous imagine ainsi, Juges d'Israël, les yeux voguant sur une mer factice, parcourant la constellation de phares dont vous avez la charge, depuis la nuit des temps et jusqu'à l'Apocalypse. J'imagine vos têtes disposées en cercle, minotaures dans la pénombre, arrachant le phare d'Eilean Mor de ces rivages en bois et carton-pâte, couchant le nom des trois gardiens dans le *Livre des tempêtes.*

Bientôt vous y inscrirez mon nom également.

Dehors, la nuit tombe sur Édimbourg…

Ici aussi la nuit tombe, sur l'Œil de Goliath.

Je sais que je ne parviendrai pas à dormir. Aussi m'autoriserez-vous ne serait-ce qu'à me reposer un peu. À mon tour je prierai toute la nuit. Face à l'océan. Face aux champs barbelés entre les tranchées. Là où déambulent, entre flaques d'huile et de sang, les sombres engins de mortification d'outre-tombe. Assemblages d'acier et de chair putride. Lors d'une attaque au gaz, le vent peut être un allié ou votre pire ennemi. Des hommes humant l'air. Des chiens. Certains gaz sentent le foin moisi. Nous avons lancé, à Loos, cent cinquante tonnes de chlore. Cinq mille cinq cents cylindres. Nom de code : Étoile rouge. Le vent a ramené le gaz dans nos tranchées. Un jour sans vent, couvert de brume – comme aujourd'hui -, est un jour parfait. Un jour parfait pour lancer une attaque au gaz. Croix bleue. Croix verte. Croix Jaune. J'ai vu mourir des hommes asphyxiés. Des hommes qui découvraient, très tard, une défaillance dans l'équipement. Des insensés qui oubliaient leurs masques. Yeux gonflés. Ampoules. Toux. Une écume jaune ou rouge leur emplissait la bouche. Ils périssaient entre râles et vomissements.

Un soldat retourne dans sa tranchée, traversant un profond nuage de gaz. Le jour se lève, pourtant le soleil parvient difficilement à percer la brume empoisonnée. Sous le masque qui le sauve de l'anéantissement, l'homme peine à respirer. Les champs sont parsemés d'animaux morts : écureuils, passereaux, renards, taupes, chevaux. Le soldat tient un livre à la main. En se retirant, le gaz laisse une pellicule verdâtre sous laquelle tout est enseveli.

L'insomnie peut être une torture aussi efficace qu'une autre.

Plus tard…

J'entends, de l'autre côté de la porte :

– Ingénieur, connaissez-vous la raison de votre présence ici ?

– Le phare, le phare… crié-je.

– Procédez à l'inspection de votre âme : il manque certaines données importantes dans votre rapport…

Le lendemain matin…

Je dors deux heures. Une voix stridente m'arrache au sommeil : « Attaque au gaz, attaque au gaz ! » Je bondis hors de ma couchette. Il fait encore nuit.

Je monte à la lanterne au point du jour. Quelque chose se déplace sur l'eau, dans la brume, au loin. Est-ce un bateau ? Un nouvel iceberg à la dérive ?

De longues heures d'attente, pendant lesquelles je scrute la brume. De temps à autre j'aperçois le mastodonte obscur. Aussitôt, le brouillard l'engloutit à nouveau.

Il en est de même pour l'albatros noir, qui tourne autour de la lanterne. D'une aile il déchire le voile crayeux, disparaît une nouvelle fois. Un œil jaune. Un rouge. Un graillement. Un autre. Et un autre encore :

Penitentiary penitentiary
Deutschland Deutschland

Je me saisis du revolver. Je retire le cran de sûreté. Je tends le bras. L'oiseau poursuit son vol autour de la lanterne. Il passera à nouveau quand il aura fini son tour. Le cri précède de quelques secondes l'apparition. Il vole tout près. L'air qu'il déplace à chaque battement d'ailes me frôle le visage. J'aperçois son œil qui fixe le mien.

Un œil pervers. Cruel.

Je tire sans même viser.

Sa tête explose en plein air. J'entends le bruit du corps qui s'écrase contre les pierres. L'écho de la détonation résonne dans la brume.

Je sors chercher la dépouille. Je ne trouve rien.

La journée s'achève dans l'angoisse.

Le brouillard qui encercle l'îlot est pour ainsi dire impénétrable. Pourtant, de temps en temps, lorsque souffle la brise, on devine, au loin, une ombre. Ce ne peut être qu'un bateau.

Le voilà, enfin. Burkhart attend que la brume se disperse pour envoyer un canot. J'ai rassemblé mes affaires. Tout est prêt. Bientôt ce lieu ne sera plus qu'un mauvais souvenir.

La nuit tombe sans changement de la météo.

Demain, si ça se trouve, je partirai.

Plus tard…

Derrière les nuages, la lune émet une lumière fantasmagorique. Le brouillard se teinte d' ocre, de jaune. Il n'y a pas de vent. Tout est calme. Ce calme, dans un lieu habituellement balayé par les typhons, est d'autant plus inquiétant. Même les oiseaux ont interrompu leur criaillement. Ils se déplacent à peine derrière l'écran de brume, comme si la mort récente de l'albatros les avait rendus muets.

J'entends des voix lointaines. Sans doute celles des marins du *Wulaia*.

Je sors du phare à la première lueur du jour. Le brouillard persiste, épais, impénétrable. À quelques pas de la porte, je tombe sur l'albatros noir. Ouvert, étripé, comme si d'autres oiseaux s'étaient repus de son corps.

Afin d'établir la communication avec le bateau, je descends jusqu'au quai avec la lampe à signaux. Seul me parvient le son rythmé de la houle. Arrivé à l'extrémité, je lève le falot, lui imprime un léger mouvement oscillatoire, pendulaire.

J'attends. Rien. Je renouvelle l'opération. Je n'obtiens pas plus de réponse.

Je crie de toutes mes forces :

– Burkhart !

L'instant d'après, une voix lointaine imite mon cri :

– Burkhart !

Des rires étouffés se faufilent sous la brume.

De retour au phare, je découvre, sous une pierre à côté de la porte, un livret explicatif identique à celui qu'on nous distribuait au front :

PREMIERS SOINS À L'USAGE DES GAZÉS / INSTRUCTIONS

I. GAZ SUFFOCANT (CHLORO-PHOSGÈNE)

Nuage lourd, entraînant une sensation de brûlure et d'oppression à la poitrine, une toux convulsive et violente.

Premiers soins

1. Immobiliser totalement le gazé.
2. Le transporter en position allongée jusqu'au poste de secours.
3. Si la toux persiste, une goutte d'éther toutes les 10 minutes.
4. Ne jamais pratiquer de respiration artificielle.

II. GAZ IRRITANT (LACRYMOGÈNE)

Dispersion par obus ou grenade. Picotement et larmoiement jusqu'à dissipation du nuage ou mise en place du masque.

Premiers soins

1. Transporter le gazé jusqu'au poste de secours.

III. GAZ VÉSICANT (YPÉRITE, ARSENIC)

Nuage de gouttelettes dispersées par l'explosion d'obus ou de bombes. Aucun symptôme immédiat sur la peau ou sur les parties exposées. Quelques heures plus tard apparaît une rougeur sur la zone touchée, puis des cloques analogues à celles que produisent les brûlures par le feu. Au niveau des yeux, boursouflement des paupières et rougissement des globes oculaires. Intervenir au plus vite après contact.

Premiers soins

1. Peau : tamponner immédiatement et sans frotter les traces visibles du liquide au moyen d'un peu de coton ou d'un bout de tissu qu'il faudra aussitôt brûler ou enterrer.

2. Appliquer sur les zones atteintes la pommade fournie avec le masque et qui se trouve à l'intérieur de l'étui. Utiliser à cet effet une petite spatule en bois. Frictionner légèrement avec les doigts pendant 2 à 3 minutes.

Plus tard…

Je suis parfaitement lucide. Je ne sais pas quel jour on est. L'important est (*plusieurs mots illisibles*). Je tiens le livret sous mes yeux. J'ignore comment il est arrivé jusqu'ici. J'ignore qui a pu le laisser en évidence à côté de la porte, à mon intention…

Burkhart ? Est-ce lui qui a planifié tout ceci ?

Je ne vois pas d'autre explication. Il a envoyé, durant la nuit, l'un de ses hommes en lui demandant de laisser le livret à cet emplacement. Mais pourquoi ? Quel malin plaisir trouverait-il à cela ?

J'entends alors un bruit de pas dans l'escalier. Celui d'une toux. La trappe s'ouvre. Un homme fait son apparition. Il porte un uniforme que je ne reconnais pas : capote longue imperméabilisée avec une couche d'huile, casque, bottes couvertes de boue, masque à gaz vissé sur le visage. Il salue d'un geste familier, comme une vieille connaissance. Il s'assied sur l'une des caisses, à côté du mur, sous la niche de la Vierge. Il peine à respirer. Sous les verres de son masque, ses yeux rouges et enflés semblent malades.

– J'ai été gazé, dit-il.

Je m'assieds à ses côtés.

– Comment ça ? Vous portez un masque…

– Ce n'est pas le mien.

– D’où… ?

– Vous n’êtes pas sans le savoir, me semble-t-il…

Il tousse. Il paraît sur le point de s’étouffer.

– Vous pouvez le retirer, lui suggéré-je, il n’y a pas de gaz ici.

Il fait non de la tête.

– Phosgène ? demandé-je.

– Croix bleue…

Nous gardons le silence quelques minutes. Le gazé appuie la tête contre le mur. Tousse. Sa toux ressemble à un aboiement.

– Savez-vous comment agit le gaz ? lui demandé-je soudain.

Je le sais. Il s’emploie pourtant à me l’expliquer :

– La chair se fend. La langue enfle et n’entre plus dans la bouche. La trachée se remplit d’ampoules ; les poumons, d’une substance jaune visqueuse. Les viscères s’assèchent. Les yeux sortent de leurs orbites…

On entend le jacassement d’un oiseau. Sa respiration charrie des éclats de verre. Il tousse. Aboie.

– Mais il nous fallait faire taire ces cris…

Un silence.

– La terre était imprégnée de gaz, reprend-il. L’eau, les vêtements, les métaux. J’ai regagné notre position sur un tapis d’animaux morts. C’est alors que cette voix métallique s’est mise à tonner une nouvelle fois…

– Retirez votre masque, insisté-je.

Il refuse d’un lent mouvement de tête.

– Pourquoi ?

– J’ai eu le plus grand mal à mettre la main dessus.

Il se relève non sans difficulté. M’observe avec suspicion. Peut-être s’imagine-t-il que je veux lui prendre son masque. Il vérifie les tubes en caoutchouc annelés et les sangles. Une nouvelle quinte de toux l'oblige à se rasseoir.

– Vous ne pouvez pas continuer à vivre avec ce masque sur le visage.

– Bien sûr que si.

– Pas indéfiniment.

– Personne ne vit indéfiniment, imbécile.

Il enfonce le clou :

– Imbécile. Porc.

Je ne réponds pas. Il insiste :

– Est-ce que M. Stevenson est au courant de ce que vous avez fait ?

Le gazé rit, tousse ou aboie, rit de nouveau.

– Vous souhaitez ma mort ? À moi aussi ? Allez-y. Qu'on en finisse.

– Sortez d'ici, je l'ordonne.

– On vient vous chercher. Vous sentez ? Cette odeur de foin moisi ?

– Assassin.

– Vous-même. C'est vous, l'assassin.

Je me relève, j'attrape le revolver dans la poche de mon manteau, je vise.

Le gazé a disparu.

Je monte dans la salle des machines. Un albatros tourne autour de la lanterne. Identique à celui que j'ai abattu hier.

C'est sans doute le même, ressuscité.

Une bise légère dissipe un instant le brouillard.

J'aperçois alors le bateau.

TRÈS CHER MONSIEUR STEVENSON

Souffrant d'une progressive (et sans doute irréversible) détérioration de mon état psychologique, je vous prie de bien vouloir transmettre au bureau du directeur de la Northern Lighthouse Board ma démission irrévocable.

J'espère que ma défection sera sans effet sur vous, à titre professionnel, et plus encore personnel. Ayez l'assurance que, s'il était en mon pouvoir, si d'une façon ou d'une autre j'étais en mesure de remédier à ma situation présente…

Je suis un homme responsable et méthodique. Vous, plus que tout autre, le savez. Il m'est impossible, toutefois, de mener à terme la mission qui m'a été confiée. De son bon déroulement dépendait, je suppose, mon avenir au sein de la compagnie. Armé de la confiance dont vous m'honorez, j'imagine que vous attendiez mon retour pour exposer mes réalisations aux Juges. Lesquels, observant dans la pénombre de leurs bureaux les phares qui se dressent dans tous les océans du monde, connaissent mes péchés et ont inscrit mon nom dans le *Livre des tempêtes.*

Je sais que vous aspiriez pour moi à un avenir différent.

Malheureusement, mes nerfs…

Cette guerre dépasse, de bien des façons, les limites naturelles (*plusieurs mots illisibles*), la capacité de se surpasser, et ainsi placer un minimum d'espoir dans l'être humain en tant qu'espèce. Je vais vous raconter un fait que vous serez seul à connaître. Il pleuvait depuis des semaines et la terre inondée formait une vaste étendue de boue. Je venais d'effectuer une patrouille de reconnaissance entre les cratères inondés, remplis de morts et de rats. Soudain, les Allemands nous ont bombardés et il m'a fallu sauter à pieds joints dans l'un de ces énormes trous. Le terrain était si mou que les projectiles tombaient et s'enfonçaient sans exploser, formant des geysers de boue. Un obus est tombé à côté de moi. Alors, au milieu d'une auréole de boue, j'ai vu se dresser sur ses pieds un officier allemand en état de putréfaction, vert dans son uniforme vert. Cela a duré une seconde tout au plus. Puis la masse de boue est retombée et le cadavre a disparu.

Je suis convaincu d'avoir commis des actes répréhensibles dans des circonstances atroces (*plusieurs mots illisibles*), toutefois je ne saurais dire quand, ni envers qui... S'il devait (*plusieurs mots illisibles*) que, dans ma situation, mieux vaudrait ne plus faire partie de ce monde. Je commence à me douter que ce fait, extraordinaire à tous égards, peut être la réalité.

Je suis en enfer. Dans l'enfer ultime.

Il est fort probable que nous ne nous reverrons jamais. Je souhaite, dès lors, vous dire ma reconnaissance. Les attentions que vous m'avez prodiguées, vos conseils, votre infinie bonté ont été comme un baume, comme des piliers sur lesquels j'ai pu m'élever et vaincre l'infortune. Plus qu'un tuteur, j'ai trouvé en vous le père dont j'ai été privé dans ma jeunesse.

Transmettez mes salutations à votre famille, et tout particulièrement à votre adorable épouse. Et s'il vous arrive de croiser le vieux Berryman, qui en cette période de l'année doit être très occupé à entretenir les rosiers et les haies du jardin, dites-lui de ma part que contre une invasion de taupes il n'y a pas meilleur antidote qu'un ou deux jours de feu d'artillerie.

Que Dieu vous bénisse, Monsieur Stevenson.

Éternellement vôtre...

D. Bradley

P.-S. Vous trouverez, joint à cette lettre, le rapport de mon prédécesseur sur l'état du phare (année 1917), et le mien propre (deux, en réalité, le second portant sur l'état de mon âme), daté de l'année en cours.

7h10. Le bateau n'est pas le *Wulaia.*

Je prie à genoux sous l'effigie de la Vierge. Ceint du mur circulaire du phare, de cet (*plusieurs mots illisibles*), la houle tournoyant dans mes oreilles.

Je confirme avoir bien vu le sous-marin. Un U-Boot, noir comme les entrailles de la mort.

Si je n'étais pas (*illisible*) j'en arriverais sans doute à penser que (*plusieurs mots illisibles*)...

9h17. Une brise glaciale se lève qui déchire la brume par endroits. Posté dans la lanterne, j'observe, à travers les jumelles, le sous-marin avec une attention accrue. Il stationne tout près du rivage. Depuis le quai, je pourrais presque le toucher. Il arbore un pavillon effrangé : l'aigle impériale au centre d'une croix noire, et dans le canton supérieur à l'attache, une deuxième croix, noire également, quoique différente de la première, une croix de fer. Les flancs du bâtiment sont gravés de signes indéchiffrables. Des hiéroglyphes. Le langage de l'abîme :

Meuchelmörderisch-Schwein-Verräter

Sur la proue, un seul mot :

Deutschland

Sur la poupe, en relief sous une tache de rouille, le même ex-libris que dans le volume de Coleridge. Mais ici le squelette ne tient pas un livre. Il porte l'index à ses dents serrées, en signe de silence.

En dessous, une inscription : *Veritas liberati vos*[1].

Le pont est vide. L'écoutille d'accès à la tourelle, ouverte.

9h48. De la musique me parvient en provenance de la carcasse métallique. Puis une voix profonde :

Deutschland Deutschland

Le son va et vient. La brume se dissipe par moments. Puis elle engloutit de nouveau le sous-marin, l'arrachant à ma vue.

10h02. Je descends dans le salon.

J'attrape le fusil et les munitions. Je monte le tout dans la lanterne. Je démonte le mauser, le nettoie, lubrifie le mécanisme.

Trente projectiles pour le mauser. Six autres balles pour le revolver.

Dehors, rien ne bouge.

L'oiseau – le même ou un autre – tourne autour de la lanterne.

10h23. Je débarque.

Ils progressent derrière la brume. En nombre indéterminé. Un sifflement, comme le miaulement d'un chat.

Gaz…

1. La Vérité vous rendra libres.

Un nuage vert recouvre l'îlot, se mêle au brouillard. Partout des oiseaux morts. Je tire à l'aveuglette.

Ils se rapprochent du phare. Je peine à respirer. Je ne trouve pas mon masque.

10 h 35. J'abandonne la position…

III.

Le chaos et la nuit

Vivre équivaut à tuer.

Ernst Jünger, *La Guerre comme expérience intérieure*

Quelle était cette force qui nous poussait inlassablement vers le chaos et la nuit ?

Ernst Jünger, *La Guerre comme expérience intérieure*

Vers la fin de l'été, Robert Dunn, jardinier de St. Bartholomew, trouva trois écureuils décapités sous les arbres, aux abords de la « chambre des roses ». La découverte ne le surprit pas outre mesure. Aussi bien M. Pumpkins, le chat de la cuisinière, que le jeune Cavendish avaient l'habitude de chasser dans le jardin ; ces mutilations pouvaient donc être le fait de l'un comme de l'autre, ou d'une belette, voire d'un chien errant. Toujours est-il que, lorsque le jardinier se présenta pour en avertir la direction, on l'informa que le psychiatre était en déplacement. Dunn, qui n'était pas parmi les esprits les plus brillants, haussa les épaules, retourna dans son jardin et continua de ratisser les feuilles mortes, formant des monticules que le vent, tôt ou tard, allait disperser à nouveau.

Au même moment, à Édimbourg, le docteur Pierce descendait d'un taxi au 84 George Street, au pied de l'immeuble de la Northern Lighthouse Board. Il plongea la main dans la poche de son veston pour y chercher sa montre. Il en retira, coincé entre ses deux doigts, un petit papier : « Je crois que tu as perdu la tête, tu es fou à lier. Mais je vais te dire un secret : les plus belles personnes le sont. »

Le psychiatre sentit soudain un vide au creux de l'estomac. Ce n'était pas le meilleur moment pour affronter le souvenir d'Anne. Ces phrases, empruntées à *Alice au pays des merveilles*, ces messages que la jeune femme semait dans des recoins insolites et qui, de temps à autre, surgissaient comme par magie dans les tiroirs et les poches de ses vêtements, le tourmentaient. Peu importe combien de fois il changeait de veston ou de veste, ou combien de tiroirs il retournait, il tombait encore et encore sur l'un de ces billets, comme si une autre Anne, furtive et invisible, continuait de les lui écrire et de les dissimuler dans ses affaires.

Il froissa le papier et le jeta sur la chaussée. Il consulta sa montre. Seize heures cinq. Il était légèrement en retard à son rendez-vous. Levant la tête, il observa le drapeau qui flottait sur la façade de l'immeuble : un pavillon blanc avec l'Union Jack dans le carré supérieur droit et un phare de couleur noire de l'autre côté.

Depuis cette nuit lointaine où M. Stevenson s'était présenté à l'hôpital en compagnie du nageur, Pierce ne l'avait pas revu, bien qu'il ait entretenu avec lui une correspondance assidue.

Pierce se rappelait parfaitement cette rencontre inaugurale, puisque l'arrivée providentielle du nouveau patient changeait de façon radicale sa méthode de travail. À partir de ce soir-là, plus rien n'avait été comme avant à St. Bartholomew. Dans un premier temps, le psychiatre avait cru avoir affaire à une forme de catatonie, mais la lecture du journal de l'ingénieur Bradley le convainquit de la fragilité de son diagnostic précoce. Les différentes relectures de ce document (une base dont il n'avait pas bénéficié s'agissant de ses autres patients, et qui offrait une authentique carte mentale de l'aliénation de Bradley) persuadèrent le psychiatre qu'il se trouvait face à un cas fascinant, d'une singulière complexité tant le délire était minutieusement structuré. Il se dit alors que si le traitement venait à fonctionner, ce serait pour lui une occasion exceptionnelle de prouver au vu et au su de ses confrères les plus réactionnaires, installés dans les hautes sphères académiques – à savoir les membres du cercle de Munich, mené par le docteur Günther Stenheimer, le principal adversaire de Pierce -, les vertus de l'hypnose telle qu'il la pratiquait. Non seulement en tant qu'outil plus ou moins efficace pour sonder la psyché malade d'un individu, mais surtout comme méthode intégrale et pertinente, pouvant isoler de façon graduelle et pour un temps indéterminé les zones atteintes du cerveau.

Dès lors, Pierce consacra toute son énergie à ce seul patient.

La première étape du processus avait été la plus laborieuse. À ce stade, dont la durée était impossible à prévoir, il s'agissait d'obtenir de Bradley qu'il abandonne progressivement ses mouvements compulsifs de nage sans recourir à des substances ou à des méthodes invasives. Pierce ne savait que trop bien que le temps, tel que le vivaient la plupart des personnes – la routine des jours, des semaines, des mois et des années -, n'avait aucune incidence dans le cadre d'un traitement de ce genre, et c'est pourquoi il lui fallut s'adapter au rythme de son patient. Chaque jour engendrait sa modeste bataille, pleine d'imprévus, de victoires éphémères, et de défaites à profusion, d'avancées et de régressions. Obtenir de l'ingénieur qu'il reste assis sur une chaise demanda beaucoup de temps. Puis il fut nécessaire d'attendre qu'il commence à reconnaître la réalité environnante et qu'il exécute des ordres simples (« levez le bras droit », « marchez », « arrêtez-vous »). Plus tard, on l'incita à prononcer quelques mots, à se nourrir et à se laver seul. C'est seulement alors que le psychiatre put envisager de lancer la deuxième étape du traitement et déterminer un programme graduel de séances d'hypnose. L'idée étant de parvenir, au terme de cette période (dont la durée, comme pour la précédente, était impossible à prévoir), à deux séances d'hypnose quotidiennes, une le matin, l'autre l'après-midi.

Fort heureusement, David Bradley était un individu malléable.

À mesure que le psychiatre faisait entrer la lumière dans les ténèbres qui hantaient l'esprit de son patient, à mesure qu'il déliait les nœuds de la trame qui l'avait conduit à ce degré d'aliénation, les rapports envoyés à M. Stevenson, succincts dans un premier temps, gagnaient en précision et en rigueur. Sans doute influencé par certaines lectures qu'il disait mépriser, mais dont il ne parvenait pas à se détacher pour de bon, Pierce veillait avec un sens aigu de l'opportunité sur le flux d'informations qu'il partageait avec son interlocuteur. Il s'imaginait parfois dans la peau de l'autre Stevenson, le romancier, ou encore dans celle de M. Gabriel Utterson, le notaire, l'un des personnages principaux du livre qu'il admirait tant. Ce dernier était chargé de démêler et de reconstituer l'histoire du docteur Jekyll dans le récit que la plupart des lecteurs n'hésitaient pas à taxer de fantastique mais qui, pour quelqu'un comme lui, ne représentait qu'une possibilité parmi toutes celles qu'une psyché vulnérable était capable d'engendrer, suivant les circonstances, à un moment donné.

La pression plus ou moins intense des événements créait le monstre, si toutefois un médecin pouvait se permettre l'emploi d'une telle terminologie.

Les progrès très relatifs qu'il avait obtenus chez d'autres patients n'avaient rien à voir avec les avancées exponentielles de Bradley.

Il se détourna du livre pratiquement fini que l'Internationaler Psychoanalytischer Verlag s'était engagée à publier. Il avait pour titre *Les Fils d'Abaddon. Névrose de guerre et mysticisme*, et comportait trois chapitres.

Chapitre I : *Cavendish, « l'anthropophage »*

Chapitre II : *Stanton, « le revenant »*

Chapitre III : *Ephistone, « l'homme qui parlait avec l'ange »*

Sur les ruines de l'ancien texte, il entreprit d'en bâtir un nouveau, centré sur le cas Bradley : *L'Œil de Goliath. Psychopathologie de guerre et hypnose*. Le journal de l'ingénieur en constituerait les prolégomènes, sous la forme d'une section liminaire. Ces pages pouvaient se lire comme une carte de l'aliénation de leur auteur. Sans le concours de ces notes, Pierce n'aurait jamais réussi à ouvrir une brèche dans les défenses de son patient. Comme un aveugle guidant un autre aveugle, il aurait passé des années à l'hypnotiser, l'emmenant encore et encore sur le front, où il déambulerait en rond à ses côtés, sautant d'un système de défense à un autre, cherchant dans ce labyrinthe de tranchées aux noms sinistres – *Gehena, Ripper's Coffin, Skeleton Trench* – l'origine de la tragédie, traçant un chemin qui, d'une façon ou d'une autre, finirait par s'effacer sous la boue. Or, le journal – et surtout l'acuité du regard de Pierce en tant que lecteur – avait déjoué cette éventualité. Dès que le lieutenant Bradley s'égarait, qu'il se perdait consciencieusement dans les méandres de l'approximation, s'éloignant du front, des cratères laissés par les obus, et de l'inextricable dédale de barbelés qui protégeait la première ligne de tranchées, le docteur (le lecteur) proposait une piste qui ramenait le patient sur le bon chemin. La maladie, soutenait Pierce dans le préambule de son nouvel ouvrage, est un ver rusé, prêt à tout pour se maintenir dans le cocon protecteur du cerveau qu'il parasite. Mais alors, il suffisait au psychiatre de chuchoter un mot, voire de lire à voix haute un passage du journal, pour faire revenir l'hypnotisé sur ses pas afin qu'il regagne le sentier dans l'obscurité, la voie (de lui seul connue) vers le centre de son aliénation.

Ce fut une longue période, qui vit le psychiatre et son patient soumis à une pression si intense qu'il semblait à Pierce, par moments, ne pas parvenir à la surmonter. Bradley s'obstinait, avec le peu de forces qui lui restaient, à tourner autour du noyau incandescent de sa folie. Sans jamais atteindre le moment de l'éclosion, l'élan désespéré qui l'avait exposé à sa véritable nature animale sous le ciel de France, en cette année 1917. Bien avant de découvrir cet acte inavouable, Pierce avait compris que les faits d'armes héroïques subséquents du lieutenant avaient été une vaine tentative pour effacer sa culpabilité et sa honte. Accablé par une telle soif, David Bradley s'était toujours retrouvé face au liquide immémorial de la guerre, celui-là même qui stagnait au fond des cratères, cet épais bouillon de sang, de chair et d'os broyés. Dès lors, et jusqu'à la fin du conflit, il brava des dangers insensés, dans l'attente d'un châtiment qui ne viendrait pas, érigeant entre-temps les remparts susceptibles de maintenir ses démons confinés dans la zone la plus reculée de sa psyché, enfouis dans les catacombes d'où ils n'auraient jamais dû s'échapper, si ce n'est qu'au bout du compte, les démons sont imprévisibles.

À cette fin, Pierce ne trouva pas d'autre solution que de pousser son patient dans une situation analogue et l'obliger à commettre, une nouvelle fois, le même crime : car c'était bien de cela, en définitive, qu'il était question.

Le psychiatre décida d'investir une zone éloignée du parc qui entourait l'hôpital pour recréer le décor, un site à l'abri des regards, dissimulé derrière une rangée de chênes et de cèdres, non loin des anciennes écuries. Il embaucha des travailleurs, fit creuser des tranchées et des puits, et ordonna que l'on ceinture le périmètre à l'aide de barbelés et de sacs de sable. Robert Dunn, le jardinier, se résigna à observer en silence cette brigade d'ouvriers qui se livraient à un travail méthodique de destruction, ravageant son gazon, arrachant des buissons et coupant des arbres afin de créer une illusion reproduisant, à petite échelle, le vaste enfer du front de l'Ouest. Bien que le résultat soit très convaincant, il manquait l'élément central, seul à même de faire passer le simulacre pour l'original : la puanteur qui imprégnait l'air. À ce souci de vraisemblance qui tracassait le psychiatre s'en ajoutait un autre, plus fastidieux, et qui relevait des modestes dimensions de la scène. Si Bradley décidait de s'engager dans une direction non prévue, abandonnant ce milieu contrôlé, ce serait tout le mirage qui volerait en éclats.

La nuit précédant l'expérience, Pierce hypnotisa son patient et l'induisit à revenir à l'aube de ce jour où sa vie basculerait à jamais. D'après ce qu'il avait déduit à partir de ses séances d'hypnose, l'ingénieur était parti en mission en compagnie d'un camarade, que le docteur Pierce lui-même allait incarner. Cette fois, plutôt que de ramener Bradley à son état ordinaire, le psychiatre le retint dans ce lieu précis du passé et l'obligea à dormir ; puis il lui administra une forte dose de calmants.

Au réveil, Bradley se retrouva engoncé dans son uniforme, à l'intérieur d'une tranchée, serrant dans sa main un fusil déchargé et portant à la ceinture une inoffensive baïonnette en bois. Suivant certaines indications établies avec certitude dans le journal, Pierce omit un élément incontournable de son équipement : le masque à gaz.

En s'éveillant dans ce décor conçu pour sonder l'origine de son aliénation, Bradley réagit dans un premier temps de la façon qu'on attendait de lui. Il progressa, recroquevillé, le long du fossé. Pendant que, positionné à une certaine distance, tapi dans l'ombre, Hastings braillait dans un porte-voix ce mot qui, à une autre époque, avait mis en pièces les nerfs de Bradley et de toute sa compagnie, et qui surgissait à présent, tel un oiseau informe et obscur, de son passé :

Deutschland Deutschland

Chaque fois que retentissait ce cri, Bradley semblait perdre contenance ; ses jambes se dérobaient, ses pas flanchaient. Puis Hastings donna l'alarme : *Attaque au gaz.* C'était l'instant qu'attendait Pierce. Tout en mettant son masque, il observa scrupuleusement son patient. Quelques secondes s'écoulèrent. Bradley chercha son propre masque et, ne le trouvant pas, décontenancé, il fut pris de tremblements. Le psychiatre se prépara à assister à la métamorphose. Pourtant, au plus profond de la psyché de l'ingénieur, l'entité qui gardait cette porte en avait décidé autrement ; passé un bref laps de temps, Bradley se jeta face contre terre au fond de la tranchée et se mit une fois de plus à nager.

Quelques jours plus tard, Pierce renouvela l'expérience. La reproduction des mêmes mouvements, des mêmes bruits, suscita en lui un sentiment d'irréalité en cette nouvelle aube brumeuse. La sensation s'intensifia avec l'apparition inattendue d'un lapin dans la tranchée. Bradley ne le remarqua même pas. Pierce, pour sa part, avançant derrière son patient, suivit le lapin du regard jusqu'à le voir disparaître dans un terrier. Pendant un court instant, le psychiatre se détourna de sa mission principale. Il imagina le lapin remontant un tunnel avant de revenir à la surface sur le front de Gommecourt, sous un ciel noirci par les explosions. Le regard du psychiatre survola le monde merveilleux de l'aliénation qui se déployait sous ses yeux : un soldat coiffé d'un haut-de-forme dansait parmi les ruines, un autre poussait une brouette remplie de têtes, un autre encore (un hindou de l'armée du Raj britannique) tenait fermement dans ses bras le cou d'une vache éviscérée, enveloppée dans un nuage de mouches. Aux branches des arbres étaient pendus des chevaux démembrés. Accolée à la statue décapitée d'un saint, une main serrait une photo. Tout à coup, la voix de Hastings annonçant l'attaque au gaz ramena le psychiatre à l'instant présent. Pour la deuxième fois, Pierce s'attendait à voir son patient se transformer, mais cette fois encore, il lui fallut se contenter de son renoncement, assister à cette parodie de nage sur la terre ferme.

Malgré l'échec relatif des deux expériences, le psychiatre croyait avoir suffisamment reconstitué le puzzle pour donner à

M. Stevenson une version proche des faits. Aussi se trouvait-il à Édimbourg en cet après-midi d'été balayé par le vent.

Edward Pierce pénétra dans l'immeuble de la Northern Lighthouse Board. L'entrée était aussi sévère que la façade et l'écho de ses pas rebondit entre les murs de ce hall dépourvu de toute ornementation. Il n'y avait ni canapé, ni chaise, ni même un simple banc en bois; nul tableau ou tapis pour atténuer la froide monotonie du lieu. Sur le sol carrelé, une rose des vents indiquait les quatre points cardinaux et les quatre orientations intermédiaires. Au centre de la rose une pyramide; dans la pyramide, un œil. Deux colonnes encadraient un bureau en demi-cercle. Derrière, une femme montait la garde, et bien qu'assise, elle semblait aussi grande qu'un totem. Dans son dos, entre les deux escaliers symétriques, une grande fenêtre laissait entrer la lumière.

La secrétaire l'accueillit avec familiarité. C'était une femme mince, pâle, au visage allongé, avec de petits yeux et de grandes dents; elle sentait les bonbons à l'anis. Alors qu'il la voyait pour la première fois, elle n'était pas sans lui rappeler quelqu'un. Sœur Rachel, se remémora alors le docteur Pierce, la religieuse qui avait accompagné M. Stevenson lors de sa visite à l'hôpital psychiatrique. La secrétaire et la religieuse se ressemblaient, comme peuvent se ressembler parfois des personnes de la même famille: la mère et la fille, les sœurs ou les cousines. Le psychiatre exposa le motif de sa visite, la secrétaire consulta l'agenda et lui apprit que l'ingénieur Stevenson n'allait plus tarder; il pouvait patienter dans son bureau au premier étage, tout au bout du couloir.

Pierce monta, sans croiser personne sur son chemin. Tout juste entendait-il le cliquetis intermittent d'une machine à écrire. Il arriva devant la porte indiquée. Par précaution, il frappa deux fois. N'obtenant pas de réponse, il tourna la poignée et franchit le seuil.

Le bureau occupait une pièce tout en longueur, haute de plafond, et aux murs habillés de bois, contrastant avec la froideur générale que dégageaient les lieux. Sur le parquet sombre, dont les lattes formaient des motifs hexagonaux imbriqués, s'entassaient des bibliothèques, des fauteuils, des lampes, une longue table et ses chaises tapissées de tissu vert, des classeurs, un bureau en chêne massif, une table à dessin ; sur une petite table laquée, à côté d'un globe terrestre, était posé le *Livre des tempêtes* – mentionné dans le journal de son patient -, ainsi qu'un échiquier, avec ses pièces engagées dans une partie en suspens. Il se saisit du livre, dont le poids l'étonna. Il s'assit dans l'un des fauteuils près de la petite table, posa le livre sur ses genoux et l'ouvrit en plein milieu, à l'endroit où un ruban en soie pourpre marquait la dernière note en date :

Ing. David Bradley, l'Œil de Goliath, Atlantique sud, 1922.

Un frisson lui parcourut le dos. Il referma le livre et le remit à sa place, à côté de l'échiquier. Il se leva et son regard dévia alors vers une autre partie de la pièce, où il découvrit une réplique de la Grande-Bretagne en modèle réduit. Une multitude de phares ponctuaient ses côtes ou émergeaient d'un océan en carton bleu.

Le médecin s'approcha de la table. Les tours miniatures étaient si nombreuses qu'il renonça à les compter. Au pied de chacune, un petit cartel indiquait, dans une calligraphie soignée, le nom suivi de l'année de leur construction : *Bell Rock* (1811), *Corsewall*

(1811), *Barra Head* (1833), *Little Roos* (1843), *Skerryvore* (1844), *Covesea Skerries* (1846), *Muckle Flugga* (1854), *Ushenish* (1857), *Cantick Head* (1858), *Fidra* (1885), *Oxcars* (1886), *Ailsa Craig* (1886), *Fair Isle* (1892), *Helliar Holm* (1893), *Sule Skerry* (1895), *Rattray Head* (1895)…

Et ainsi de suite.

Vu d'ici, pensa Pierce, n'importe qui pourrait succomber au chant des sirènes de la toute-puissance. Indiquer un point sur la carte, ordonner la construction d'une tour et savoir que, peu de temps après, de cet ordre abstrait jaillirait un phare bien réel au bord d'une falaise bien réelle, ou peut-être sur un rocher perdu au milieu de l'océan. Il se remémora un passage du journal de son patient, dans lequel celui-ci comparait les vieux ingénieurs de la compagnie à des minotaures penchés sur un dédale de tours. Le minotaure de Crète, se dit Pierce, réclamait des sacrifices humains.

Tout en frôlant du bout de ses doigts les sommets de ces structures, il s'efforça d'imaginer le désespoir d'un homme pris dans la tourmente, à bord d'un bateau sur le point de chavirer. À l'instar de la métaphore de l'observateur d'étoiles, à laquelle il avait souvent recours – notamment lors de ces nuits où le petit animal d'acier qui habitait son crâne en rongeait les parois osseuses -, l'image pouvait l'aider à mieux comprendre l'ennemi qu'il devait affronter. La lueur lointaine d'un phare, palpitant dans la tempête, n'était pas si éloignée du travail du psychiatre. Après tout, construire des phares et combattre la folie pouvaient, en un sens, être apparentés. Ceux qui discréditaient sa méthode – Steinheimer et d'autres, mais surtout le premier, cet Allemand arrogant, qui dans la pénombre, investi d'une toute-puissante autorité, montait et démontait à sa guise les rouages de la machine académique européenne – n'avaient pas la moindre idée de la souffrance qu'éprouvait véritablement un aliéné. Cette souffrance qui, suivant une mystérieuse alchimie, se transsubstantiait en son propre esprit, Edward Pierce était le seul à l'avoir entraperçue.

Parce qu'il poussait les portes de l'inconscient, l'hypnotiseur devait payer. Parfois même, un prix très élevé. L'hypnotiseur était un médium, la voix invoquant les démons, un exorciste doté du pouvoir de commander des légions, mais exposé, à son tour, aux dangers de l'aliénation et de la toute-puissance. Stenheimer avait-il expérimenté dans sa propre chair les bienfaits de l'électricité qu'il préconisait et administrait à ses patients ? Combien de temps avait-il passé en cellule d'isolement, immobilisé dans une camisole de force et aspergé toutes les deux heures d'eau glacée ? L'Allemand accepterait-il de se soumettre à une trépanation ?

Pierce savait que personne, aucun des professeurs qui discréditaient sa méthode n'était allé aussi loin que lui. Eux se complaisaient dans la théorie, dans l'abstraction pure, sans jamais appréhender les turbulents esprits de ceux qu'ils devaient soigner. Les Français, encore dans les jupes de Charcot, affichant leur insupportable propension à la vantardise et au cynisme ; les Autrichiens, qui s'imaginaient encore architectes de la culture occidentale ; les imperturbables Suisses, si mesurés en tout ; et, bien entendu, les fiers et disciplinés Allemands du cercle de Munich, avec le docteur Günther Stenheimer à leur tête, lesquels, malgré la défaite, rêvaient toujours de construire une nouvelle Europe à leur image et ressemblance ; tous dispensaient le savoir du haut de leurs chaires. Sangsues frétillant dans les amphithéâtres universitaires, charognards survolant les ovations des industriels, des commerçants, des militaires et des politiciens qui, avec leurs guerres, créaient des légions de monstres. Ayant accompli leur labeur et n'étant plus requis nulle part, les soldats étaient précipités dans la gueule de ces cerbères qui prônaient torrents d'électricité, camisoles de force, eau glacée, chaînes, raclées et trépanations. Après avoir passé la journée entière à torturer ces malheureux, tous ces respectables médecins, pères de famille et illustres membres de la société, retournaient à la routine de leur foyer, embrassaient leur femme et leurs enfants, allaient rendre visite à leur maîtresse, se voyaient attribuer des médailles, des chaires et des prix, et à la fin de leurs ennuyeux discours d'acceptation, ils se tapaient mutuellement dans le dos, irréprochables et inaltérables comme des statues de marbre.

Lui, en revanche, vivait au quotidien avec la maladie. Il vivait en elle. Il la sentait, à chaque instant. La folie avait une odeur, elle sentait les excréments, le vomi, le sang. Elle sentait parfois la viande crue, la cire froide, les compresses humides, l'éther. Ses vêtements, ses cheveux, ses mains étaient imprégnés de l'odeur de la maladie. C'était sa vie et sa guerre. L'hôpital, son champ de bataille, son temple. Il n'avait ni famille, ni épouse, ni maîtresse (le visage d'Anne lui traversa une nouvelle fois l'esprit, mais il s'empressa d'en réprimer le souvenir) à qui se confier à la fin de la journée. Ses nuits étaient transpercées de hurlements. Il en reconnaissait l'auteur. Ce cri aigu et prolongé appartenait à « l'anthropophage ». Cet autre, entrecoupé de pleurs, était celui de Stanton, « le revenant ». Et celui-là, grave et répétitif comme les coups d'un marteau, venait de l'aumônier s'adressant à Abaddon, l'ange exterminateur, roi à la tête d'une armée de sauterelles. Sa propre tête était inondée des images qu'il voyait dans le cerveau de ses patients, et tout récemment, les névralgies qui le terrassaient étaient devenues plus nombreuses et plus fréquentes, au point qu'il s'était vu contraint d'augmenter sa dose de morphine. La seule façon qu'il avait de calmer la douleur.

La porte s'ouvrit et Stevenson entra dans le bureau.

– Docteur, je vous prie de bien vouloir m'excuser du retard, déclara le vieil homme, s'approchant à grandes enjambées pour lui souhaiter la bienvenue.

– Ce n'est rien, je n'ai pas eu le temps de m'ennuyer, précisa le psychiatre, tandis que ses yeux survolaient la constellation de phares qui hérissaient la Grande-Bretagne miniature.

– L'œuvre de toute une vie, fit remarquer l'ingénieur, voire de plusieurs. Nous, les Stevenson, construisons des phares depuis la nuit des temps. On nous appelle parfois les « fossoyeurs des ténèbres ». La plupart des phares que vous voyez là ont été conçus et réalisés par mon grand-père, mon père, l'un de mes oncles ou de mes frères. Et nombreux sont ceux que j'ai fait bâtir moi-même. Je ne serais pas surpris d'apprendre que l'un de mes ancêtres a participé à la construction du Colosse de Rhodes ou du phare d'Alexandrie.

Le vieil homme parcourut la maquette du regard en affichant un air de satisfaction, comme un éleveur mesurant l'importance de son bétail.

– Qu'est-ce encore qui vous amène à Édimbourg, docteur ? demanda-t-il, retrouvant son air grave habituel. J'imagine que vous n'aurez pas fait le voyage dans le seul but de vous entretenir avec un vieil et ennuyeux constructeur de tours.

– Wagner, peut-être bien, mentit Pierce. On rejoue *Le Vaisseau fantôme* à la Royal Opera House. La dernière fois, j'ai dû quitter les lieux au milieu du spectacle, à cause d'une indisposition.

– Ce n'est pas mon compositeur de prédilection.

– Le mien non plus, mais j'ai horreur de laisser les choses en plan.

Le vieil homme soupira, plongea ses pouces dans les poches de son veston et leva les yeux au plafond, fixant la corniche fleurie en plâtre.

– À deux jours près, vous ne m'auriez pas trouvé. Je dois me rendre sur l'île de Lewis. Nous étudions la possibilité d'implanter un nouveau phare dans les environs de Carloway.

– Vous avez sans doute beaucoup à faire. Si le moment est mal choisi…

– Ne vous en faites pas, nous avons l'éternité devant nous, comme dirait un ami prêtre. Prenez place, suggéra Stevenson, indiquant les deux fauteuils de part et d'autre de la petite table où se trouvaient le *Livre des tempêtes* et le jeu d'échecs. Vos récentes lettres étaient plutôt succinctes, mais, dans la dernière, si je me souviens bien, vous insinuez avoir enfin découvert l'origine du drame qui a frappé David…

– Je suis conscient de la brièveté de mes rapports et je vous prierais de bien vouloir m'en excuser. Mais la complexité du traitement auquel est soumis l'ingénieur Bradley m'aurait obligé à vous assommer d'une multitude de termes techniques inutiles.

Le psychiatre planta ses coudes dans les appui-bras du fauteuil, croisa ses doigts sous son menton.

– J'admets avoir, un temps, avancé à tâtons, poursuivit-il. Le processus a été long et tortueux. Disons, pour résumer, que les causes qui provoquent l'aliénation peuvent être multiples et se trouver disséminées tout au long de la vie psychique du malade ; un trouble au goutte-à-goutte, si vous me permettez, une accumulation qu'on ne parvient plus, au bout du compte, à traiter ou à contenir. Cependant, il peut aussi être la conséquence d'un fait inattendu, d'une situation extrême qui pousse l'individu à manifester une réaction tout aussi extrême. Dès lors, le sujet n'est plus en mesure de décider. Nous pourrions dire qu'une autre entité prend alors le contrôle de ses actes…

Le docteur Pierce se tut, se rendant compte soudainement que sa description de la maladie pouvait réveiller en M. Stevenson le souvenir du roman écrit par ce cousin malcommode, mort « parmi les sauvages ». Après quelques bredouillements, et pour se sortir de l'ornière, il en précipita la conclusion.

– Je crains qu'il n'y ait pas de mots pour tempérer ce que je suis venu vous annoncer : pendant la guerre, David Bradley s'est rendu coupable d'un assassinat…

La révélation fut accueillie par Stevenson dans un silence prudent.

– Que dites-vous ? bredouilla-t-il peu après.

– C'est là, j'en ai peur, l'origine de son état, affirma Pierce. Un crime que le psychisme de Bradley n'est pas parvenu à traiter, parce que celui qu'il a tué était quelqu'un de très proche, sans doute un ami intime, quelqu'un qui lui avait probablement sauvé la vie en plus d'une occasion.

Le vieil homme semblait abasourdi. Il se leva et se mit à arpenter son bureau d'un pas nerveux.

– Connaissez-vous, dans son entourage, quelqu'un dont les initiales sont W.B. ? demanda Pierce.

Stevenson s'immobilisa, regagna son fauteuil et s'y affala.

– Wilfred Brook… murmura-t-il.

– Vous le connaissiez ?

– Wilfred et David se sont rencontrés à l'internat, expliqua-t-il, les yeux brillants, humides. Ils étaient inséparables, comme deux frères. Ils se sont enrôlés ensemble et ont intégré le même régiment. Wilfred n'est jamais revenu, mais cela ne veut pas dire que…

Laissant sa phrase inachevée, Stevenson se pencha en avant, le regard perdu dans l'enchevêtrement d'hexagones qui se déployait sous ses pieds. Dans un filet de voix, il pria Pierce de poursuivre. Le médecin lui fit alors un résumé de ses investigations psychiatriques, le récit de ce qui, croyait-il, était arrivé.

Stevenson l'écouta attentivement. Lorsque Pierce eut conclu, son interlocuteur n'était plus dans le même état d'esprit. Il avait eu le temps de réfléchir et de décider que tout cela n'était qu'une fiction, une de ces histoires morbides, dignes de la plume de son cousin.

– Vous ne sauriez être pleinement certain de ce que vous avancez, dit Stevenson. Vos conclusions sont des hypothèses, à vrai dire, une possibilité parmi d'autres…

Pierce s'accorda quelques secondes.

– En effet, je ne suis pas en mesure de produire un rapport circonstancié des faits. Je ne peux affirmer, par exemple, que tel jour, à telle heure, le lieutenant David Bradley et Wilfred Brook ont quitté la tranchée avec une mission précise. Sans doute pour réparer le câblage téléphonique, ou alors pour effectuer une patrouille de routine, ou plus vraisemblablement dans l'intention de faire taire pour de bon un Allemand qui, nuit après nuit, se postait sur le terrain dévasté qui séparait les premières lignes de tranchées, muni d'un porte-voix, afin de harceler ses ennemis des heures durant, les empêchant de dormir ou de penser à autre chose. Une telle affirmation constituerait une imprudence de ma part. La conclusion, toutefois, serait la même. Au cours de cette mission, il s'est produit une attaque au gaz, et, pour une raison ou pour une autre, le lieutenant Bradley n'avait pas son masque. En un acte désespéré, il a tué son ami pour lui arracher le sien…

– Spéculations ! Romans ! rugit Stevenson.

Ce violent emportement eut sur le psychiatre l'effet d'une gifle. L'aimable vieil homme semblait devenu autre.

Pierce se redressa dans le fauteuil, avant de continuer, précautionneusement :

– Le livre de Coleridge que l'ingénieur avait glissé dans ses bagages appartenait à son ami. Brook le gardait dans la poche intérieure de sa veste, ce matin-là. C'est très probablement ce livre qui a empêché la baïonnette de Bradley de lui transpercer la poitrine la première fois. Et c'est de là que viennent les marques sur la couverture, dont il est question dans le journal.

– Vous délirez, docteur… maugréa Stevenson.

– Comprenez-moi, nous avons affaire à bien plus qu'un simple cas d'amnésie, poursuivit le psychiatre, ignorant la remarque de son interlocuteur. Il s'agit là d'un mécanisme de défense nettement plus complexe. Bradley a relégué le crime dans la zone la plus éloignée de sa psyché, où il est demeuré un certain temps, à l'état latent, prêt à se saisir du moment opportun pour se manifester à nouveau. Seules manquaient les circonstances idéales, celles qui se sont finalement présentées lors de son séjour sur cet îlot du bout du monde.

Le vieil ingénieur se leva, s'éloigna en direction d'une fenêtre et croisa les mains derrière son dos. La lumière de l'après-midi se réverbérait sur son visage livide. Dehors, une nuée de pigeons s'éleva d'un toit à proximité et voltigea en cercle à travers les colonnes de fumée que crachaient les cheminées de la ville.

Pierce se pencha une nouvelle fois sur l'échiquier. C'est alors qu'il ressentit cet élancement à la tempe qu'il redoutait tant, préambule au tourment qui l'attendait.

– Arès, le dieu de la guerre chez les Grecs, avait deux fils jumeaux qu'il emmenait avec lui à la bataille. Deimos et Fobos, « Terreur » et « Panique ». Ce matin-là, David Bradley a croisé la route des deux – le psychiatre se frotta les yeux, comme s'il cherchait à les débarrasser d'une substance gluante. Tout ceci, bien entendu, restera entre nous. Ce qui compte ici, monsieur, est d'avoir accompli la mission dont vous m'avez chargée personnellement. J'ai refermé les portes que la maladie avait fracturées et réussi à stabiliser mon patient, au prix d'un travail acharné, mettant en péril ma propre santé. Je crois qu'avec un traitement et un suivi adéquats, d'ici peu David pourra mener une vie relativement normale, quoi que cela veuille dire…

Edward Pierce regagna l'hôpital St. Bartholomew avant minuit, dans un état de souffrance aiguë. Le docteur Hastings et une infirmière l'aidèrent à s'extraire de la voiture qui l'avait ramené et le hissèrent jusque dans sa chambre, au troisième étage. Pierce s'imagina que l'infirmière était Anne, puis, comprenant sa méprise, il lui donna congé d'un geste bref, presque désobligeant. Hastings lui administra une dose de morphine et le psychiatre sombra alors dans un sommeil profond.

Il se réveilla le lendemain sans savoir dans un premier temps où il était exactement. Ce n'est qu'en découvrant les livres et les études de cas cliniques empilés sur la chaise qui lui servait de table de chevet qu'il comprit qu'il était de retour à St. Bartholomew et non dans un quelconque hôpital d'Édimbourg. Le livre de Stevenson et celui de Hudson étaient posés l'un sur l'autre. Le dernier était un cadeau d'Anne, dédicacé dans cette écriture élégante et penchée qu'il connaissait si bien : « Les fous méritent d'être traités avec tendresse… Je t'aime. » Il se souvint qu'il avait rêvé d'elle, mais aussi du dédale de phares qui hérissaient les côtes d'une Grande-Bretagne infime. Lui se trouvait dans l'une de ces tours, allongé sur un brancard, au milieu d'un cercle de géants à tête de taureau.

Tandis qu'il restituait ses contours au monde réel, encore étonné que la douleur ait cessé de lui comprimer le crâne, il lui fallut admettre que dernièrement les crises ne faisaient qu'empirer. Ces névralgies, de plus en plus fréquentes et virulentes, n'avaient plus rien à voir avec celles des débuts, à l'époque où il lui suffisait de quelques heures de sommeil pour les conjurer. Le rat d'acier avait trouvé le moyen d'étendre son emprise en descendant le long de sa moelle épinière, grignotant ses vertèbres cervicales, ses clavicules, ses omoplates. Sans doute l'heure était-elle venue de consulter un chirurgien afin d'envisager l'extraction de ce morceau de métal qui le tourmentait avec le zèle d'un bourreau médiéval. Il le ferait, plus tard ; dans l'immédiat, il avait des affaires plus urgentes à régler.

Pierce mit la dernière main à son nouveau livre, *L'Œil de Goliath*, avant d'envoyer le manuscrit à la maison d'édition en vue de sa publication. Désormais libéré de cette tâche, il se consacra à l'organisation du congrès lors duquel il exposerait sa méthode thérapeutique. Il ne solliciterait aucune université ou société de psychanalyse. Le colloque devait se tenir entre les murs de cet hôpital dans lequel il avait investi toute son énergie ces dernières années. C'est depuis cet humble théâtre qu'il s'élèverait vers les plus hautes sphères de la psychiatrie moderne.

Au préalable, il devait synthétiser l'histoire clinique du patient, et y ajouter un rapport détaillé des différentes phases du processus de guérison obtenu grâce à sa méthode d'hypnose. Il lui faudrait aussi approfondir certains concepts et se montrer plus éloquent que par le passé. Par endroits, la rédaction du dossier lui semblait plus complexe que l'écriture du livre, car il était désormais tenu à la concision et à la persuasion. Pierce croyait qu'il n'aurait aucun mal à captiver les Français, les Autrichiens et les Suisses ; mais les Allemands du cercle de Munich, ces géants enchaînés à leurs hôpitaux et amphithéâtres, n'y assisteraient pas sans y voir une excellente raison. La description clinique, ses explications méthodologiques, les différentes étapes du processus thérapeutique devaient susciter en eux une curiosité suffisante pour les pousser à traverser la moitié de l'Europe. Il veillerait à rester concis sans pour autant négliger aucune donnée pertinente, tout en conciliant hermétisme et érudition. Si cela ne n'était pas assez, il prouverait sa capacité à doser l'intrigue – ainsi que le ferait un romancier de la trempe de Stevenson, sans chercher plus loin -, manipuler la tension et l'incertitude de ses lecteurs. En résumé, sa plume devait hypnotiser ses collègues également.

Dans cette lutte acharnée contre un matériau instable, dans cette quête de la forme parfaite à laquelle il aspirait, Pierce passait énormément de temps à écrire, effacer, corriger, puis réécrire. Il consacrait parfois toute une matinée à rédiger un seul paragraphe, qu'il élaguait le lendemain jusqu'à le réduire de moitié. Le matin, il déclarait la guerre aux adjectifs, les éradiquait, avant de les réintégrer à la tombée de la nuit, repenti. Il intercalait ici et là des explications subordonnées à une idée principale, mais celles-ci finissaient par dévorer la phrase où elles avaient pris place, tels des parasites, des excroissances incontrôlables du discours. Il retournait encore et encore aux premières pages, évaluait une nouvelle fois, en se fondant sur la longueur des phrases et des paragraphes, l'effet recherché. Il réajustait, déplaçait des points, des virgules, des points-virgules, et avançait à tâtons, comme un aveugle dans l'obscurité.

Malgré la difficulté de la tâche, en intégrant les données à son rapport, Pierce put constater qu'en moins d'un an, il avait réussi à stabiliser son patient et que, depuis peu, l'ingénieur manifestait un certain regain d'intérêt à vivre. La routine simple de l'hôpital était tant soulagement qu'un encouragement. Bradley prenait part à l'atelier de menuiserie, lisait des heures durant dans la bibliothèque et s'adonnait à de longues promenades dans le parc, sans jamais s'aventurer jusqu'à cette zone qui imitait le front de l'Ouest en miniature, cet extrait artificiel de l'enfer. Par ailleurs, l'ingénieur s'était pris de passion pour la taxidermie, sollicitant même l'acquisition de deux manuels, d'instruments, de tiges en fer, d'yeux de verre et de produits chimiques nécessaires à l'embaumement. Robert Dunn, le jardinier, le fournissait en petits animaux – oiseaux, lapins et écureuils – qu'il retrouvait morts dans le jardin, sous le feuillage des arbres, à condition qu'ils ne soient pas passés par les griffes de M. Pumpkins ou les mâchoires de « l'anthropophage ». Maîtriser la technique de la taxidermie n'était pas chose aisée et les réalisations de l'apprenti étaient difformes. Malgré tout, Bradley refusa de les jeter, il conservait dans l'armoire de sa chambre toutes les œuvres ratées, comme autant de pièces d'un modeste musée des horreurs : écureuils atrophiés, oiseaux contrefaits, un lapin hybride sur lequel l'ingénieur avait greffé deux ailes de chouette. Le psychiatre décelait dans ce nouveau passe-temps – que, par précaution, il avait censuré dans son rapport – une faille dans le blindage psychique de son patient, un écho de la souffrance endurée dans le phare. Mais Pierce considérait ces faiblesses comme inéluctables et, jusqu'à un certain point, bénéfiques, puisqu'elles offraient à l'ingénieur une source de distraction intellectuelle à même d'entraver l'irruption de symptômes indésirables.

Bradley était également parvenu à établir un lien avec les autres pensionnaires : Cavendish, Stanton et Ephistone. On aurait même pu croire – bien que cela, Pierce se gardait bien de le révéler – que le héros du nouveau livre dégageait comme une odeur particulière qui attirait les personnages sacrifiés dans le premier ouvrage, pour qui la méthode thérapeutique du psychiatre avait échoué. De fait, ce trio incarnait les étapes préalables et incomplètes du processus ; il s'agissait de créatures expérimentales ou ratées (tout comme les premiers animaux empaillés par les mains inexpertes de l'ingénieur), d'individus qui portaient encore sur eux, de façon trop visible, les membranes gluantes de la démence. Pierce savait parfaitement

– c'était son travail – qu'à défaut de chair humaine, Cavendish chassait et décapitait à coups de dents des écureuils et des oiseaux, que Stanton s'obstinait encore à conserver dans une valise ces créatures rappelant des petits singes, assemblages de pièces de mitrailleuse, et qu'Ephistone n'avait jamais cessé de dialoguer avec l'ange. En termes d'évolution psychiatrique, la distance qui séparait le trio d'aliénés de l'ingénieur Bradley était équivalente à celle que l'on pouvait établir entre Neandertal et Homo sapiens.

L'aumônier, surtout, semblait s'être mué en une sorte de disciple de l'ingénieur, ce qui ne semblait pas peu naturel, étant donné qu'il avait pratiquement le double de son âge. Ils arpentaient côte à côte les sentiers sous les arbres, plongés dans de mystérieuses conversations, s'arrêtant ponctuellement afin d'observer tantôt un insecte pris dans une toile d'araignée, tantôt une chrysalide collée à l'écorce d'un chêne. Il arrivait souvent qu'au cours de leur promenade, Cavendish et Stanton se joignent à eux, ayant échappé à la discrète surveillance des infirmières qui, tels des oisillons blancs, voletaient dans le jardin. Ils avaient pour habitude de déjeuner et de dîner ensemble, occupant toujours la même table où ils semblaient former un corpuscule à part, une communauté indépendante du reste des pensionnaires, gouvernée en silence par l'autorité paternelle de l'ingénieur.

Même plongé dans la rédaction de son rapport, Pierce ne perdait pas de vue les difficultés inhérentes à l'organisation du colloque. La présence de ses invités – entre dix et quinze, d'après son estimation – allait perturber pendant un certain temps le fonctionnement de son établissement. Il fallait penser au transport des visiteurs depuis Édimbourg, à leurs hébergement et repas, et leur proposer certaines activités récréatives. Puis il devrait rédiger les cartons personnalisés qu'il joindrait au rapport. Et pour lesquels il aurait, bien malgré lui, à faire preuve d'un autre talent littéraire : la flatterie. Il mit un soin tout particulier à rédiger la missive destinée au docteur Günther Stenheimer, car il était évident que s'il acceptait de faire le voyage jusqu'à St. Bartholomew, le reste de ses compatriotes lui emboîterait le pas, comme les rats qui suivaient le jeune flûtiste de la légende ou comme les cochons de Panurge de l'Évangile, sautant d'une falaise pour obéir au Christ.

Cet abject travail d'orfèvrerie lui prit plusieurs semaines, et dans ce laps de temps, le souvenir d'Anne l'interrompait et le hantait sans relâche. Le fait de retrouver, ici et là, des petites indications écrites de sa main – comme autant d'instructions pour retrouver un trésor perdu – exacerbait son absence, mais Pierce soupçonnait qu'il était, en réalité, rongé par le regret de l'avoir laissée partir. Un an et demi s'était écoulé depuis qu'Anne avait quitté l'hôpital psychiatrique, au milieu de la nuit et sans un mot. Quelques jours après, il avait reçu une lettre dans laquelle elle justifiait sa décision. Quand il eut fini de la lire, le psychiatre fut pris d'une irrésistible envie de la brûler. Chaque fois qu'il levait la tête de la rédaction de son rapport, il se rappelait ces lignes tristes et désespérées mais emplies d'amour et de compassion : un amour qu'il ne méritait pas et une compassion que l'on ne pouvait donner qu'aux êtres exceptionnels. Il avait renoncé à cette femme, par distraction ou bêtise ; non, se répétait-il alors, renoncer n'était pas le mot exact. En vérité il l'avait éloignée de lui, de manière totalement délibérée, par peur de perdre le contrôle absolu de son temps et de sa vie, mais aussi pour des raisons autrement idiotes et banales, dont il avait honte à présent. Certains jours, l'amertume l'empêchait de se concentrer sur son travail, et ces moments d'angoisse étaient suivis, comme s'il y avait un lien de cause à effet, d'attaques de névralgie qui le condamnaient à l'inaction et à l'obscurité pendant des périodes de plus en plus longues.

Il décida d'écrire à Anne. Peut-être était-il encore temps de la récupérer. Il fut d'abord prudent, timide dans le choix de ses mots, mais à mesure qu'il rédigeait une sorte de frénésie l'emporta et ce qui avait commencé comme une confession se mua en un pathétique *mea culpa* et en une promesse de réparation. Pierce était sur le point de corriger la missive de A à Z selon l'habitude prise dans la rédaction de son rapport. Mais l'appréhension de dénaturer la sincérité de ses sentiments le retint et, sans même la relire, il plia la feuille de papier, la glissa dans une enveloppe et se dirigea à pied au bureau de poste, distant de quelque cinq kilomètres. Une fois cette lettre envoyée, Pierce put finir les autres, destinées à flatter et allécher ses collègues. Il les expédia enfin au début de l'automne, quand le feuillage rougeoyant des arbres recouvrait déjà le jardin de St. Bartholomew, soulevé d'un bout à l'autre par le vent, comme un impétueux lac de sang.

Les semaines suivantes, tandis qu'il attendait avec impatience la réponse d'Anne et celle des professeurs émérites invités au colloque, Pierce s'acharnait à poursuivre sa tâche essentielle : le traitement de celui qui était devenu son seul et unique patient. À la nuit tombée, après la séance du soir, il traversait inlassablement le jardin jusqu'à l'entrée de l'établissement, ouvrait la grille de fer et observait le chemin qui montait vers Broxburn, dans l'espoir de voir apparaître Anne. Il pensait suffisamment la connaître pour croire qu'elle choisirait de le surprendre et qu'elle reviendrait sans même le prévenir. Mais les jours passèrent et le chemin resta désert.

La réponse de l'infirmière arriva un lundi matin. Il pleuvait. L'averse troublait le jardin, Pierce observa le spectacle un instant, tournant et retournant l'enveloppe entre ses doigts. Il finit par l'ouvrir. En quelques courtes lignes, Anne lui proposait un rendez-vous, le vendredi de cette même semaine, dans un pub d'Édimbourg.

Le jour J, Pierce prit le train de quinze heures. Le voyage, dans un compartiment qu'il partageait avec une mère et sa petite fille – une enfant pâle et silencieuse –, lui parut interminable. Il arriva en avance, et, jusqu'à l'heure du rendez-vous, il arpenta la ville, parcourut les rues longeant le château puis traversa Hollyrod Park. Il acheta dans une librairie une édition illustrée d'*Alice aux pays des merveilles* et demanda un paquet cadeau. Sur le chemin du pub – le Two Towers, situé dans les ruelles derrière la gare –, il aperçut une femme qui vendait des roses sur le trottoir. Il s'approcha dans l'intention de lui en acheter une, mais en se baissant il remarqua que les fleurs étaient fanées et, ignorant les suppliques de la vendeuse, fit demi-tour pour s'engouffrer dans le bar.

À cette heure, le lieu était désert. Il commanda une pinte de bière et s'assit à l'écart. Le rendez-vous était à dix-huit heures, mais dès dix-sept heures trente, le pub se remplit d'employés de bureau et de cheminots. À dix-huit heures passées de dix minutes, Pierce la vit entrer et lancer un rapide coup d'œil autour d'elle. Les yeux d'Anne glissèrent sur lui, sans le voir, le psychiatre fit un signe de la main pour attirer son attention. Même à cette distance, Pierce nota immédiatement que quelque chose en elle avait changé. Elle portait une robe sombre et un chapeau sans forme, et alors qu'elle s'approchait timidement, il constata que ses mouvements avaient perdu leur grâce et leur fluidité.

Dès qu'elle l'eut rejoint, elle se présenta comme la sœur d'Anne, Lilith. Pierce mit quelques instants à assimiler l'information. Il se rappela qu'Anne avait évoqué une fois sa sœur, en omettant néanmoins de dire qu'elles étaient jumelles. Sans cacher sa surprise, il la fixa, muet, jusqu'à ce qu'elle prenne place, il réussit alors à lui demander, dans un bafouillement confus, ce qu'elle voulait boire.

– Rien, répondit-elle. Finissons-en le plus rapidement possible.

Les dix ou quinze minutes qui suivirent, Pierce se sentit sombrer lentement mais inexorablement dans ce vertige qu'il n'avait éprouvé qu'en contemplant le ciel étoilé sous la coupole de verre de l'hôpital psychiatrique. Lilith et Anne se ressemblaient comme deux gouttes d'eau. Les mêmes yeux verts, le même nez aquilin, les mêmes lèvres petites et charnues, les mêmes fossettes, le même grain de beauté sur le menton. Seules les distinguaient la couleur de leurs cheveux, leur coiffure et les lunettes. Le timbre de voix de Lilith était beaucoup plus aigu que celui de sa sœur. Lilith expliqua rapidement que sa sœur était indisposée et qu'elle regrettait beaucoup de ne pas avoir pu venir lui annoncer personnellement qu'elle s'était fiancée avec un chirurgien et qu'ils allaient se marier au printemps prochain…

Dès lors, Pierce n'écouta plus que d'une oreille. Le message, direct et brutal, l'avait décontenancé, et quelque chose dans l'attitude de son interlocutrice finissait de le troubler. Elle était mal à l'aise, nerveuse, ce que l'insolite de la situation pouvait facilement expliquer. Mais au-delà des signes notables du malaise – Lilith, le regard fuyant, malaxait compulsivement un mouchoir –, le psychiatre décelait quelques incohérences ; par moments, son ton de voix changeait brusquement, comme si, se laissant emporter, elle perdait le contrôle de son personnage. Est-ce que cette femme pouvait être en réalité Anne ? se demanda-t-il. Jouait-elle un rôle ? Pierce la laissa poursuivre. La prétendue Lilith fustigeait sa froideur avec des mots que seule Anne aurait pu prononcer, se hâtant de souligner combien sa sœur avait souffert, qu'après leur rupture elle avait même pensé au suicide, et qu'elle considérait cette relation comme une longue et douloureuse maladie dont, heureusement, elle avait réchappé. Au fur et à mesure, les doutes du psychiatre se muèrent en certitude : Lilith était l'*alter ego* d'Anne, une mascarade montée de toutes pièces dans le seul but de l'humilier et d'observer de près sa souffrance.

Pierce retrouva son sang-froid et la laissa parler. Désormais il ne la voyait plus comme une ancienne amante, mais comme un cas clinique. Il l'imaginait répétant son rôle devant un miroir, travaillant sa voix jusqu'à obtenir le ton juste, choisissant avec soin le costume du personnage : le jeu un brin triste d'un être vulnérable, une autre Alice perdue dans un monde dénué de toute merveille. Dans cet endroit où l'espoir ou la joie pouvait disparaître ou se transmuter en un clin d'œil, elle était capable de se transformer sans l'aide d'aucune potion ; elle avait uniquement besoin de lunettes, de teinture pour cheveux, de vêtements amples et sombres, d'une légère inflexion de sa voix et, surtout, de l'audace de tenir le personnage jusqu'au bout. Ce travestissement confirmait, une fois de plus, sa théorie sur la maladie mentale ; toute personne pouvait basculer dans la folie, de façon sporadique ou permanente. La preuve en était – comme si cela était encore nécessaire – cette infirmière, qu'un amour malheureux avait fini par transformer en son contraire, cet absurde simulacre qu'Anne jouait sous ses yeux ne pouvait être autre chose que de la haine et une soif de vengeance presque pathologique.

Pierce but la dernière gorgée de bière qui restait au fond de son verre et poussa vers la femme le livre empaqueté.

– Arrête, Anne, dit-il. Tout cela est ridicule.

Déconcertée, elle le regarda fixement. Comprenant soudain les doutes du psychiatre, elle se leva et murmura avec un ton peiné :

– Vous êtes fou…

Elle se fraya un passage entre les gens et sortit du pub. Pierce attendit quelques instants et la suivit. Dans la rue, seule la vendeuse de fleurs, assise parmi ses bouquets fanés, le regardait avec un sourire.

Les réponses des spécialistes invités au congrès finirent par arriver à St. Bartholomew. Les premières lettres, truffées de formules évasives, hésitantes et ambiguës, ne parvinrent pas à décourager Pierce. Mais, quand il reçut celle du docteur Zimmermann – une des hypostases de cette divinité germanique à trois têtes incarnée par le cercle de Munich –, il n'eut plus aucun doute sur le boycott du congrès. Les Allemands n'y assisteraient pas.

Zimmerman n'avait pas écrit de lettre à proprement parler, mais sa position était limpide. Dans l'enveloppe, Pierce trouva un article publié par le *Münchner Neueste Nachrichten* le 22 juillet 1921. Dans la marge supérieure, au-dessous du nom du journal et de la date, Zimmermann avait griffonné quelques mots en anglais : « Je suis certain que vous serez capable de le déchiffrer. » À droite, écrite au crayon à papier par la même main quelque temps auparavant, on distinguait encore une autre phrase, presque effacée et qui ne lui était pas directement destinée. L'observation discrète relevait : « Ce n'est pas un acte isolé. »

LE CAS DE L'ARTILLEUR KOPP

L'artilleur Helmut Kopp, né à Osdorf – petite bourgade de Prusse-Occidentale –, était le fils unique d'un éleveur de porcs et d'une couturière. Il avait été envoyé sur le front de l'Est depuis le début de la guerre jusqu'au milieu de l'année 1917. Il fut blessé lors de la bataille de Riga ; un fragment d'obus lui pulvérisa le visage, lui arrachant la mâchoire inférieure. Transféré dans un hôpital de Hambourg, Kopp se débattit entre la vie et la mort pendant plusieurs semaines. Il survécut mais les médecins ne purent faire grand-chose pour lui. Les techniques de reconstruction faciale ont leurs limites, et Kopp avait perdu la moitié de son visage. Sous la rangée de dents de la mâchoire supérieure, il ne restait plus rien qu'un vide rouge, gargouillant et humide. À la douleur physique de l'artilleur s'en ajoutait une autre : la torture mentale d'être ainsi défiguré, muet, et de voir sa fiancée, qui l'attendait à Osdorf sans rien savoir de cette tragédie, rompre leurs fiançailles quand elle découvrirait ce en quoi il s'était transformé. À l'hôpital, Kopp reçut la visite d'un psychiatre, le docteur Z… qui, grâce à de nouvelles techniques de suggestion, infléchit positivement le moral dévasté de l'artilleur. Aux bons pronostics du traitement psychique par hypnose succéda, peu de temps après, une autre nouvelle : un des chirurgiens orthopédistes de l'hôpital avait réussi à recréer une mâchoire inférieure. Fabriquée en métal, fil de fer, bois et cuir, la prothèse se plaquait au visage grâce à un système de sangles, et bien que le résultat soit loin d'être admirable il masquait ce sinistre vide qui s'ouvrait sous ses dents.

Après onze mois d'hospitalisation, l'artilleur, supposé guéri de ses blessures, rentra à Osdorf. Il passa quelques semaines dans la ferme familiale, enfermé dans sa chambre, sans trouver le courage de rendre visite à Johanna, sa fiancée, ni de sortir au village. La jeune fille, néanmoins, apprit le retour de Helmut, et se présenta un après-midi à la ferme. Malgré l'opposition des parents, Johanna réussit à se frayer un passage de force jusqu'à la chambre. Elle vit Helmut, ce qu'il restait de lui. Elle ne renouvela pas l'expérience.

Quelques mois plus tard, Kopp reçut le coup de grâce lorsqu'il apprit que Johanna allait se marier avec un commerçant d'Osdorf. Son fragile état mental s'écroula. La veille du mariage, Helmut Kopp assassina ses parents, tua les cochons de la ferme, les chargea dans une charrette, et prit la direction de l'église où se tiendrait la cérémonie et redécora l'intérieur du temple avec les animaux morts. Quand les fiancés et la famille arrivèrent le lendemain, le prêtre et deux enfants de chœur essayèrent de leur interdire l'entrée. Ils n'y parvinrent pas. Entre les saints et les vierges de plâtre étaient accrochés les porcs égorgés. Le sang dégoulinait de leurs cous ouverts, tachant le sol, les autels, les bancs, les bougies et les fleurs.

Kopp s'était pendu. Son corps se balançait entre les cochons, à gauche de l'autel.

Après la mystérieuse réponse négative de Zimmermann vint l'avalanche attendue ; le reste des psychiatres invités déclinait l'invitation, cette fois de façon brève et frontale, sous prétexte d'autres engagements.

Nulle lettre de Stenheimer.

Le membre le plus important de la trinité usait de ses prérogatives divines ; le silence, l'invisibilité. Néanmoins, après le naufrage du congrès, Pierce vit se dessiner l'ombre immense de son rival. Il devait bien l'admettre : son ennemi avait frappé un grand coup. Décréter l'inutilité du colloque signait sa chute définitive.

La frustration et la rancœur le poussèrent à écrire une seconde fois à l'Allemand. Pierce demandait des explications à cette école, qui le rabaissait sans cesse au rang de l'amant éconduit : d'abord distant, son style se transformait et laissait transparaître de-ci, de-là les aspérités désabusées d'un discours hostile, confus, et indigne de lui. Il regretta d'avoir envoyé la missive. Mais c'était trop tard. Il n'y eut aucune réponse.

Le pire était encore à venir.

Un samedi matin, de façon aussi impromptue que la première fois, M. Stevenson arriva à l'hôpital psychiatrique. Sœur Rachel l'accompagnait. Il était très tôt et, à l'exception de Hastings et de la cuisinière, qui préparait le petit déjeuner, tout le monde dormait à la clinique.

Pierce s'habilla et descendit dans le vestibule. Tournant le dos à l'escalier, la religieuse observait le tableau de Bouguereau. Elle lui parut plus grande que dans son souvenir, et si elle le salua en retour, ce fut d'une voix presque inaudible. Quant à Stevenson, il ne lui laissa même pas le temps de lui demander le motif de sa visite ; avant même la fin des salutations d'usage, son aîné se lança dans un préambule alambiqué, bourré d'éloges et de sous-entendus. La méthode employée auprès de son protégé avait été efficace jusqu'à un certain point, admit Stevenson, mais les conclusions, que Pierce avait partagées quelques semaines auparavant dans son bureau, étaient certainement fausses.

– J'ai beaucoup réfléchi, docteur, dit Stevenson. Ce ne fut pas une décision facile, mais j'ai décidé de transférer David dans un hôpital d'Édimbourg.

– Mais… c'est impossible… parvint à bredouiller le psychiatre.

– Impossible ? Pourquoi donc ?

La réponse était si évidente pour Pierce qu'il parvint uniquement à bouger les mains, comme si l'explication était sous leurs yeux.

– Vous ne vous rendez pas compte ? Vous menacez l'ensemble de mon travail, finit-il par articuler.

– Ah, oui, évidemment, votre travail… répéta le vieil homme. Docteur, je crois que vous venez d'admettre très clairement quelles sont vos priorités.

Suivirent des jours enneigés, sombres. Les névralgies ne lui laissaient aucun répit, le psychiatre s'enfonçait dans la mélancolie. Dans ses nuits d'insomnie, la neige, qui recouvrait les collines environnantes, les arbres, le jardin bordant l'hôpital psychiatrique, ajoutait au silence une surabondance de blanc dans laquelle Pierce devinait déjà la fin de ses ambitions.

Désormais privé de son patient le plus important, il essaya de se remettre au travail en se penchant sur le trio formé par Cavendish, Stanton et Ephistone. Il y avait un gouffre entre les résultats obtenus sur Bradley et les autres, et la disparition imprévue du prodige vint creuser ce fossé et modifier le comportement de ses trois disciples. Ephistone, l'aumônier, prêchait tel un apôtre illuminé, colportant dans les jardins, salons et couloirs de l'hospice la mort et la résurrection de l'*Ingénieur*, comme il l'appelait, prononçant ce substantif avec la même dévotion que celle qu'il manifestait par le passé pour les mots « Fils de Dieu » ou « Sauveur ». Il affirmait à qui voulait l'entendre que l'*Ingénieur* reviendrait à la tête d'un régiment fantôme, précédé d'un nuage de gaz, pour juger les déments et les sains d'esprit ; l'*Ingénieur* rassemblerait une nouvelle armée et construirait des machines de destruction totale (gigantesques araignées de métal, terribles fourmis blindées) et ils creuseraient à nouveau des tranchées, un système de défense imprenable qui vaincrait une bonne fois pour toutes les démons de l'enfer. Stanton, de son côté, traînait jour et nuit son lot de monstres dans ses promenades et un beau matin le jardinier surgit dans le bureau de Pierce pour le prévenir qu'il avait trouvé Cavendish, à proximité de la « chambre aux roses », dévorant le corps mutilé de M. Pumkins, le chat de la cuisinière.

Les hurlements qui, certains matins, emplissaient les couloirs du bâtiment, ces cris qui écorchaient la porte de son bureau, finirent par sembler complètement irréels à Pierce, comme autant de murmures venus d'une autre dimension. De même, lorsque son assistant, le docteur Hastings, entra dans son bureau un matin pour lui annoncer sa démission (estimant que le départ de Bradley anéantissait la continuité du projet), Pierce resta paralysé. Pendant plusieurs secondes, il le fixa, incrédule, remarquant à quel point Hastings avait vieilli ces dernières années, et l'odeur de légumes bouillis et d'éther qui se dégageait de sa peau et de ses vêtements lui emplit de nouveau le nez. Il fut pris d'une féroce envie de se jeter sur lui et de l'étrangler, ou de lui fracasser la tête sur le sol, réprimant à grand-peine cette tentation. Finalement, il baissa à nouveau les yeux sur le rapport qui l'occupait et le pria en grommelant de faire au plus vite ce qu'il avait à faire. Deux heures plus tard, Hastings quitta l'hôpital psychiatrique sans que Pierce consente à le recevoir une dernière fois ; l'hypocrite cérémonie des adieux était au-dessus de ses forces.

L'univers que Pierce avait créé – la clinique psychiatrique champêtre où, grâce à son nouveau protocole thérapeutique, il ramènerait à la vie les aliénés de la guerre – s'effondrait autour de lui sans qu'il puisse faire quoi que ce soit, hormis constater l'ampleur du désastre. À la même époque, d'autres membres de l'équipe donnèrent leur démission : d'abord le commis de cuisine, puis deux infirmières. Comme un navire en pierre échoué entre les collines, St. Bartholomew était atteint du même mal que ses passagers et, surtout, souffrait de la passivité qui pétrifiait son capitaine. Les tuiles se couvraient peu à peu de moisissure, la façade s'effritait, les portes en bois gonflaient sous l'effet de l'humidité, les serrures rouillaient ; le jardinier ne parvenait pas à venir à bout de l'entretien du parc qui bordait la propriété, et il en allait de même à la cuisine, où le laisser-aller le plus total avait réduit le menu hebdomadaire à quelques plats qui avaient tous le même goût. Les cours de musique, peinture ou menuiserie furent abandonnés. La bibliothèque, qui n'avait jamais été très fréquentée par les patients, se voila lentement de poussière. Même les prostituées d'Édimbourg finirent par refuser de venir à l'hôpital psychiatrique.

La main droite du psychiatre, appliquée à rédiger une phrase banale – une observation sur un quelconque dossier médical, la commande d'une nouvelle boîte d'ampoules de morphine –, restait souvent paralysée sur la page. Parfois même, devant ses yeux fatigués, sa main se métamorphosait en quelque chose d'indicible : un rat, frère de la vermine d'acier qui logeait dans son crâne. Pierce quittait alors le bureau et se dirigeait vers la pièce vitrée située dans les tréfonds du bâtiment, où il avait vu l'ingénieur nager pour la première fois. Là, sous la coupole de verre opacifiée par la saleté, il se remémorait la dispute avec M. Stevenson, ses vains efforts pour retenir son patient, le sourire narquois de la religieuse (qui semblait grandir un peu plus à chaque seconde) et le dernier regard lancé par l'ingénieur Bradley lorsqu'il franchit la porte de l'hôpital psychiatrique – un regard dans lequel on pouvait lire l'incertitude, la peur, un silencieux appel à l'aide – et, enfin, la voiture qui s'éloignait sur le sentier de gravier, franchissant définitivement la grille et disparaissant sur la route, en direction du village. Parfois il pensait à Anne et à ce rendez-vous pendant lequel l'infirmière avait endossé le rôle de Lilith, sa jumelle. Ses réflexions aboutissaient toujours au même point, la violente antipathie que lui témoignait son ennemi, Günther Stenheimer. Une telle haine avait forcément un motif, se répétait Pierce, une cause plus profonde que la simple hostilité entre deux psychiatres aux théories opposées. Autrement, pourquoi son adversaire avait-il d'emblée refusé d'examiner sa méthode thérapeutique ? Quelle obscure et inavouable raison le conduisait à un comportement si éloigné de ce que l'on pourrait attendre d'un spécialiste de l'âme humaine ?

Par ailleurs, Pierce savait qu'il serait bientôt incapable de supporter la virulence des névralgies. Il avait lutté des mois durant contre la douleur, mais il s'injectait désormais quotidiennement de petites doses de morphine. Il lui paraissait même inconcevable d'avoir résisté si longtemps à cette injection à présent routinière et, tandis qu'il se faisait la promesse de consulter un chirurgien dans les plus brefs délais, il se consolait en se jurant d'en finir avec cette habitude dès qu'on extirperait cet éclat de son crâne.

Quand il ne se réfugiait pas dans la pièce vitrée, le psychiatre arpentait, au plus profond de la nuit – comme un quelconque patient ou une âme en peine –, les couloirs et le jardin de l'établissement. Durant ces promenades nocturnes il méditait souvent sur la trahison renouvelée dont il avait fait l'objet. Pierce exécrait le rôle de victime. Et pourtant, analysant objectivement les faits, il ne pouvait s'empêcher de penser à un complot, impliquant, de façon indirecte et obscure, Stevenson, Anne, Stenheimer et jusqu'à son ancien assistant, Hastings.

Il entrait parfois dans la chambre qu'avait occupée Bradley, ouvrait l'armoire dans laquelle son ancien patient conservait ses animaux mal empaillés et restait là à les contempler. Souvent, il rencontrait Ephistone, planté devant les portes ouvertes du meuble, priant avec ferveur face aux lapins, écureuils et oiseaux difformes. Les bêtes, recousues grossièrement, rappelaient à Pierce les gueules cassées qu'il avait eu l'occasion d'observer, la guerre finie, dans certains hôpitaux de Paris et de Londres, ainsi que la psyché brisée de ses propres patients, autant de morceaux abstraits qu'il devait rassembler et coller pour tenter de reconstruire les hommes. D'autres fois, le psychiatre vagabondait jusqu'aux tranchées et parcourait cette reconstitution, se remémorant ses mois au front, le fracas des bombes, les rats, les villages en ruine. Aux premières lueurs de l'aube, il retournait dans son lit, parvenant alors à dormir quelques heures.

Au plus froid de l'hiver, deux patients moururent à quelques heures d'intervalle ; l'un de pneumonie, l'autre d'une attaque cardiaque. Les familles envoyèrent leurs domestiques à St. Bartholomew pour s'occuper du transfert des corps. Ils arrivèrent à l'hôpital psychiatrique, chacun au volant de son véhicule, un dimanche après-midi, à la même heure, comme s'ils s'étaient mis d'accord. L'un était petit et corpulent ; l'autre grand et mince. Les deux portaient le deuil. Une infirmière qui travaillait depuis quelques semaines à la clinique les reçut. Il faisait nuit noire quand, à travers la fenêtre de son bureau, le psychiatre vit passer les hommes poussant les brancards avec les cercueils sur la neige. Dunn, le jardinier, les aida à porter les bières. Un hibou hulula dans les ténèbres. Peu après les véhicules passèrent le portail et se perdirent dans l'obscurité.

Pierce s'éloigna de la fenêtre, s'allongea sur le canapé et se replongea dans la lecture du journal qu'il venait d'interrompre. Sur une des pages, un article retint son attention. En 1918, un soldat français qui faisait partie d'un convoi de prisonniers en provenance d'Allemagne avait été retrouvé, désemparé et désorienté, sur le quai de la gare de Lyon. Il n'avait ni papiers, ni plaque d'identification. Il ne savait ni qui il était ni d'où il venait. Ceux qui l'interrogèrent crurent distinguer un nom dans ses obscurs balbutiements : Anthelme Mangin. Le soldat fut interné dans l'asile de fous de Bron. Son état n'avait pas évolué depuis. Dans l'espoir de retrouver sa famille, le ministère des Armées et des Anciens Combattants avait pris l'initiative de publier sa photo dans la presse. Le plus surprenant dans cette affaire n'était pas l'amnésie du supposé Anthelme Mangin, mais les répercussions que la publication avait eues : quelque trois cents familles venant de nombreux pays – la France, le Canada, la Grande-Bretagne, la Lituanie – reconnurent en lui un père, un époux, un fils ou encore un frère disparu pendant la guerre. La majorité de ces prétendues familles étaient sans doute des imposteurs qui tentaient d'escroquer l'État français en encaissant une pension de guerre ; mais d'autres, cependant, agissaient en toute bonne foi et avaient cru reconnaître dans ce visage les traits d'un être aimé.

Il laissa tomber le journal et réfléchit aux effets de l'apparition inespérée d'un tel fantôme. Ces personnes ignoraient peut-être que les hommes qui partent à la guerre n'en reviennent jamais. Ceux qui rentrent sont changés pour toujours : de pâles copies de ceux qui s'en étaient allés. Ils avaient échappé à la mort, mais revenaient traînant comme un boulet un jumeau atrophié, monstrueux, avec lequel ils seraient obligés de vivre jusqu'à la fin de leurs jours.

Il y avait, pourtant, une autre possibilité, plus inquiétante : très peu savaient que l'homme n'était pas celui qu'ils attendaient, mais ils avaient néanmoins décidé de mentir sur son identité pour l'accueillir au sein de leur famille et tenter de façonner le corps inhabité, sans mémoire, à l'image du disparu, faisant ainsi de lui une copie fallacieuse du père, de l'époux, du frère ou du fils disparu.

Des coups à la porte le sortirent de ses réflexions et l'infirmière qui avait reçu les domestiques quelque temps plus tôt entra.

– Un homme vous cherche, dit la jeune femme.

– À cette heure-ci ?

L'infirmière s'empressa de lui tendre une carte de visite. Pierce s'en empara, la lut en fronçant les sourcils.

– Il vient d'arriver, ajouta-t-elle, il vous attend dans l'entrée.

Le docteur Günther Stenheimer était un homme d'une cinquantaine d'années, de taille moyenne, robuste, et dont l'impressionnante tête semblait s'enfoncer entre les épaules sans le soutien du cou. Il essayait de dissimuler un bec-de-lièvre sous une épaisse moustache, et ses yeux bleus étaient petits et vifs. Avant de descendre le rejoindre, Pierce s'arrêta pour l'observer du haut des marches. Stenheimer, qui ne s'était pas défait de son manteau ni de son chapeau, examinait le tableau accroché sur un des murs de l'entrée. *Dante et Virgile aux Enfers*. Il se savait observé par Pierce, mais feignait de ne pas s'en rendre compte.

Pierce se hâta de descendre. Sans quitter les yeux de la peinture, Stenheimer murmura dans un anglais rugueux :

– Je connais mal *La Divine Comédie.* Dans quel cercle se tient cet épisode ?

– Le huitième, là où sont punis les fraudeurs : les proxénètes, les adorateurs de faux prophètes, les hypocrites, les imposteurs…

Stenheimer confirma. Un sourire apparut sur son visage rond, rougeaud, qui finit par se dilater en une grimace de sarcasme. Il s'éloigna de la toile et se tourna vers son confrère, ouvrant les bras tel un ours sur le point d'étouffer sa victime. Instinctivement Pierce fit un pas en arrière. L'Allemand ne manqua pas de le remarquer, et réitéra son attaque. L'Anglais capitula.

Quand l'étreinte se desserra, Pierce risqua une phrase de bienvenue :

– Docteur, si vous m'aviez prévenu de votre visite, je vous aurais reçu en accord avec…

– Ma visite sera brève, l'interrompit Stenheimer. Néanmoins, je compte passer la nuit ici. Je partirai demain matin, tôt.

– Naturellement, acquiesça Pierce, mais, avant toute chose, laissez-moi vous dire que vous avez voyagé jusqu'ici pour rien. L'ingénieur Bradley n'est plus mon patient désormais. Il a été emmené de façon inopinée, il y a quelques semaines…

D'un mouvement de sa main droite, Stenheimer repoussa cette information capitale.

– Cher collègue, je n'ai pas encore dîné, déclara-t-il.

Pierce donna quelques directives ; il ordonna de servir à dîner au nouveau venu et demanda au jardinier de bien vouloir porter ses valises dans la « chambre des roses », l'Allemand insista néanmoins pour garder avec lui une petite serviette en cuir noir. Obliger son rival à dormir dans le lit où ses patients avaient pris du bon temps tant de fois avec les prostituées d'Édimbourg n'était pas digne de son rang. Cependant le psychiatre ne put résister à ce secret outrage, comme si, à partir de cet instant, un autre – une entité inquiétante : *Unheimlich*, ainsi que l'avait nommée Freud – avait pris le contrôle de ses décisions et de ses actions.

Tout au long du repas, Stenheimer s'en tint à des propos d'une trivialité insultante.

Alors qu'il mangeait et buvait avec appétit, le plus grand cerveau de la psychiatrie européenne monologuait sur les horaires des trains, les vestes en tweed, les cigares, la bière, les horloges et même sur une cabane des Alpes bavaroises, dans laquelle il aimait se retirer, surtout l'été, quand ses obligations le lui permettaient. Il parlait et s'empiffrait sans interruption, jetant de temps à autre un œil à la dérobée sur le cartable qu'il avait laissé sur la table. Plus que par cette conversation superficielle ou par les postillons violacés que crachait son confrère en parlant, Pierce était horripilé par la lèvre supérieure, amorphe et fendue que l'Allemand tentait sans succès de dissimuler sous sa moustache. Cette malformation donnait à ses traits une moue carnassière. Quand Stenheimer s'attaqua au dessert, Pierce reçut un premier avertissement de ce que lui réservait la nuit. Jamais le préambule de ses névralgies n'avait été aussi brutal, comme si un fer rouge venait de lui transpercer le crâne.

Il ferma les yeux. Un rictus de douleur lui déforma le visage.

– Vous allez bien ? lui demanda Stenheimer.

Pierce hocha la tête. Comme une vague qui se retire de la plage, la douleur refluait, mais il ne savait que trop bien que la trêve serait de courte durée. Il décida d'abréger autant que possible la soirée.

– Docteur, comme je vous l'ai dit à votre arrivée, l'ingénieur Bradley n'est plus mon patient, rappela-t-il sans parvenir à dissimuler une certaine tristesse dans sa voix. Dans ces circonstances, l'exposé de ma méthode thérapeutique sera incomplet et partiel. En conséquence, je préférerais poursuivre notre conversation à un autre moment…

– Je serai franc avec vous – Stenheimer exhiba, sans retenue, le sourire déformé qui lui divisait le visage. À cet instant précis me viennent à l'esprit deux ou trois lieux dans lesquels je serais plus à l'aise que, si vous me permettez l'expression, dans cette prison de luxe pour déments de bonne famille. Si je suis ici ce soir, c'est uniquement à cause de votre obstination, et aussi parce que nos plus éminents confrères se sont inquiétés à la lecture de votre rapport et m'ont prié de prendre des mesures. Je passerai sous silence certains détails, mais disons que tous insistent, avec plus ou moins de véhémence, sur le fait qu'il conviendrait de mettre un terme à vos expérimentations dans cet hôpital psychiatrique. De telle sorte que plus vite nous crèverons l'abcès, mieux cela sera pour l'un comme pour l'autre. En Allemagne, nous avons un dicton qui se prête parfaitement à la situation : *Den inneren Schweinehund besiegen*, ce que l'on pourrait traduire approximativement par « vaincre le chien-porc qui habite en nous », c'est-à-dire vaincre notre pire ennemi, la paresse, entendue ici non seulement comme une faiblesse ou de la négligence mais surtout comme de la paresse intellectuelle. J'aime le côté presque médiéval de cet animal fantastique, le chien-porc. Charmant, n'est-ce pas ?

Stenheimer marqua une courte pause.

– Docteur, reprit-il, il est urgent de couper la tête à ce *Schweinehund* qui a fait son terrier entre ces murs. Nous le ferons ensemble, vous et moi. Ce sera un intéressant exercice de maïeutique. Je pourrais ensuite dormir avec la conscience tranquille et la satisfaction du devoir accompli. Et demain matin, à l'aube, comme je vous l'ai déjà dit, j'entreprendrai le long voyage de retour à Munich, où m'attendent de nombreuses obligations à la fois professionnelles et académiques, ainsi que mon épouse et mes enfants, et, je peux bien vous le confesser, ma jeune maîtresse : une voluptueuse étudiante berlinoise.

Stenheimer dévida d'une traite son humiliant discours et se leva. Sa serviette, froissée et sale, tomba de ses genoux. Il s'empara de son cartable avant de déclarer sur un ton qui semblait plus un ordre qu'une suggestion :

– Un brandy ? Dans la bibliothèque ?

Vautré dans un fauteuil, un verre dans une main et une cigarette dans l'autre, le docteur Stenheimer se perdit une nouvelle fois dans une litanie de lieux communs. Des volutes de fumée entouraient son visage, lui dessinant une couronne évanescente, nimbe qui rappela à Pierce l'atmosphère qui enveloppait les tranchées, un nuage de tabac dans lequel les soldats tentaient de se protéger de la puanteur qui les assaillait. Le cartable était posé sur les genoux du visiteur, et Pierce le fixait avec méfiance, comme s'il s'agissait d'une boîte de Pandore prête à libérer le mal suprême. L'Allemand finit par remarquer le regard de son hôte, il interrompit le récit d'une anecdote insignifiante, posa son verre et introduisit sa main dans son porte-documents.

– J'ai acheté ceci à Londres, c'est un cadeau pour mon fils Klaus.

Stenheimer tira de sa sacoche un coffret en bois, ôta le couvercle et en sortit un soldat de plomb, un *Sturmtruppe* de l'infanterie allemande. Il l'observa longuement, le faisant tourner entre ses doigts. Il posa ensuite le soldat sur la table, à côté de son verre.

– Nous n'avons pas encore fini de compter les morts que nous préparons déjà les jeunes générations à une nouvelle guerre… dit-il.

– Pourquoi avoir acheté ce soldat alors ? demanda Pierce. Vous auriez pu offrir autre chose à votre fils.

– Pensez-vous vraiment que le priver de ce genre de jouet changerait quoi que ce soit ?

Stenheimer sortit de la boîte un autre soldat, cette fois-ci anglais, et le positionna face à l'Allemand.

– Vous le savez aussi bien que moi : *Lebenstrieb* et *Todestrieb*, Éros et Thanatos, sont duels et indissociables. Nous aussi, comme tous les enfants, avons joué à la guerre, n'est-ce pas ?

Sans attendre la réponse, Stenheimer plongea à nouveau sa main dans le cartable et en sortit une liasse de papiers. Sur la couverture, le titre était griffonné, mais Pierce n'eut aucun mal à le déchiffrer : *L'Œil de Goliath. Psychopathologie de guerre et hypnose.*

– Pourquoi avez-vous une copie de mon livre ? demanda Pierce.

– Je fais partie du comité de lecture de l'Internationaler Psychoanalytischer Verlag. Je pensais que vous le saviez…

– Non, non, je n'étais pas au courant, mais cela ne me surprend pas.

Stenheimer sourit, tira une bouffée de sa cigarette, laissant tomber la cendre sur les feuillets.

– Pour revenir à notre propos, dit-il, je pense que pour vous, docteur, la guerre est encore un jeu…

– À quoi faites-vous référence ?

– À votre livre évidemment, répondit Stenheimer en pianotant sur la liasse. L'explication de votre méthode thérapeutique ressemble davantage à un roman qu'à une expérience de psychiatrie. J'ai repéré plusieurs passages. Celui-ci, par exemple : « Chaque fois qu'il ouvre les portes de l'inconscient, l'hypnotiseur en paye le prix. Et c'est parfois un prix très élevé. L'hypnotiseur est un médium, la voix qui convoque les démons, un exorciste capable de commander des légions, exposé, lui aussi, au danger de l'aliénation et de la toute-puissance. » Éblouissant ! C'est digne de la plume de Hoffmann. Et cet autre extrait : « Je vis au quotidien avec la maladie. Je l'habite. Je sens son odeur à chaque instant. La folie pue les excréments, le vomi et le sang. Parfois elle sent la chair fraîche, la cire froide, la gaze humide, l'éther. Mes vêtements, mes cheveux, mes mains sont imprégnés de l'odeur de la maladie. C'est ma vie et ma guerre. L'hôpital psychiatrique, mon champ de bataille et mon temple. Je n'ai ni famille, ni épouse, ni maîtresse à qui me confier quand vient le soir. Mes nuits sont parcourues de hurlements. Je sais les reconnaître. Ce cri, aigu et prolongé, est celui de "l'anthropophage". Cet autre cri, entrecoupé de sanglots, est celui de Stanton, "le revenant". Celui-là, grave et répétitif comme un coup de marteau, est celui de l'aumônier qui parle avec Abbadon, l'ange exterminateur, roi d'une armée de sauterelles. Ma propre tête est imprégnée des images que je vois dans le cerveau de mes patients… » Émouvant, docteur Pierce. Je reconnais qu'ici vous vous éloignez du romanesque pour glisser vers une sorte d'autobiographie spirituelle, artifice que vous utilisez fréquemment au fil des pages. Et voilà d'ailleurs le mot-clé, le terme qui définit le mieux votre œuvre, si tant est que l'on puisse l'appeler ainsi : « artifice ». C'est-à-dire un déguisement, une simulation, une dissimulation. Vous voulez nous faire prendre des porcs pour des chiens, si l'on s'en tient aux vieux dictons de ma terre natale.

Stenheimer continua à démolir le livre de la même manière. Il citait, commentait, glissait de-ci, de-là une pointe d'ironie ou de sarcasme, opposait des contre-exemples, critiquait la méthode et sapait les résultats. Expansif et brutal, il se permit même de corriger la syntaxe du texte, écrit dans une langue qui n'était pas la sienne. Habitué à parler, à disserter dans des amphithéâtres universitaires, conscient de ses talents d'acteur, ses dons de cabotin, il se laissait bercer par le son de sa propre voix et par les bons mots spontanés qui ponctuaient son réquisitoire général contre l'ouvrage. Les pages étaient annotées et commentées dans la marge, mais Stenheimer n'avait nul besoin de les lire car il avait retenu chaque critique, chaque incongruité, chaque erreur qu'il avait soulignée au préalable de sa propre main. Plus l'Allemand faisait durer l'exercice de censure, plus l'Anglais semblait lointain et inaccessible. La névralgie qui avait éraflé son crâne un peu plus tôt y enfonçait maintenant ses griffes. Pierce sentait les os de sa tête se dissocier, et une marée capricieuse de clous se mouvant d'un côté à l'autre emportait dans son va-et-vient des fragments de la dérision et des diatribes de son ennemi.

– Il va sans dire que *L'Œil de Goliath* ne sera jamais publié par l'Internationaler Psychoanalytischer Verlag, affirma Stenheimer. Mais je vous le répète : peut-être aurez-vous plus de chance avec une maison d'édition spécialisée dans la fiction. Peut-être pourra-t-elle vendre ce petit livre pour ce qu'il est : un roman.

Ce qui arriva ensuite – ce lent pandémonium qui se déploya au terme de cette terrible nuit –, Pierce ne parvint jamais à s'en souvenir avec exactitude. Les images se mélangeaient, comme si le livre dépecé s'était répandu sur la réalité alentour et que cette confusion, ce désordre avait pénétré chacun de ses souvenirs.

Edward Pierce se leva. Sa tête était lourde, le sang lui battait aux tempes. La douleur reculait à nouveau, mais elle ne tarderait pas à revenir. Il lissa ses vêtements et se dirigea vers la porte de la bibliothèque.

– Votre chambre est au fond du jardin, à côté des anciennes écuries, murmura-t-il, évitant de regarder l'Allemand. Je vous raccompagne…

– Docteur, ne voulez-vous pas savoir pourquoi j'ai fait tout cela ?

Pierce resta à côté de la porte, en silence, la main sur la poignée.

– Quoi qu'il en soit, je vais vous le dire. En 1918, vers la fin de la guerre, je travaillais à l'hôpital de Pasewalk, en Poméranie, aux côtés du docteur Edmund Forster. Nous recevions toutes sortes de cas en provenance du front de l'Ouest. Parmi eux, arriva un jour un caporal, le messager d'un régiment bavarois, qui avait été victime d'une attaque au gaz moutarde. Il était aveugle. Il souffrait également d'insomnie. Un cas classique de

Kriegsneurose, comme nous l'appelons, et que vous appelez *shell shock*. C'était un petit homme tout ce qu'il y a de plus banal, anxieux, qui passait ses journées à se lamenter à propos d'un chien qu'il avait perdu au front, et dont l'occupation principale consistait à fatiguer les infirmières et les médecins avec un nombre incalculable de plaintes : il accusait les autres patients de profiter de sa cécité pour lui voler de la nourriture, il se plaignait des fumeurs, des gémissements des blessés, des râles des moribonds, mais lui se permettait, par exemple, de déranger tout le monde avec ses caprices ou de longs et délirants discours antisémites qu'il proférait à n'importe quelle heure depuis son lit, et dans lesquels il accusait Juifs et communistes d'être responsables de la guerre perdue. Il était de ces hommes qui, à tout moment, exigent le respect de règles qui doivent être appliquées scrupuleusement, mais toujours par les autres ; ces mêmes règles ne s'appliquaient jamais à lui, qui s'estimait supérieur à ses semblables. Il se décrivait lui-même comme un libre penseur, un artiste, un architecte, et il rêvait de monter une multitude d'opéras en Allemagne, pour que les foules viennent en masse écouter Wagner, son compositeur de prédilection. Il s'agissait, je le répète, d'un bonhomme insignifiant, sans intérêt, la quintessence de la vulgarité et de l'imbécillité dans ce qu'elles ont de plus désespérant.

Stenheimer rangea les deux petits soldats de plomb, l'Anglais et l'Allemand, dans le coffret en bois, puis celui-ci dans son cartable ; il fit immédiatement de même avec la copie du livre.

– Ce caporal, dont la cécité, à mon avis, était une conséquence de son hystérie et non du gaz, comme je vous l'ai dit, a été pris en charge par le docteur Forster, qui suivait une méthode thérapeutique très proche de la vôtre, un procédé basé sur l'hypnose. En quelques semaines, le patient a connu un changement spectaculaire. Il a retrouvé la vue et le sommeil, il a cessé de se plaindre de tout et s'est délesté de cette fâcheuse propension au ridicule qui faisait que personne ne pouvait le prendre au sérieux. Ce fut, et croyez bien que je n'exagère pas, comme d'assister à l'éclosion d'une chrysalide pour voir émerger un insecte bizarre, méprisable et venimeux. Tout ce qui faisait de ce personnage un être insignifiant, abject et grotesque a disparu sous une carapace, et j'ai commencé à déceler dans ses opinions délirantes et décousues les fondations d'un système. Un système de haine et de destruction. À ce moment-là, je n'ai pas cru, ou plutôt, je n'ai pas voulu croire que ce monstre irait très loin. Il disparaîtra, ai-je pensé-je, il mourra à petit feu dans un régiment oublié, ressassant la guerre, se remémorant les choses que se remémorent les soldats, idéalisant ces stupides années d'horreur au front comme les meilleurs moments de son existence. Je l'ai vu quitter l'hôpital un matin, vêtu de son uniforme élimé; la guerre était perdue pour l'Allemagne mais j'ai eu l'étrange et mystérieuse intuition qu'elle ne l'était pas pour lui. Je l'ai oublié aussitôt qu'il s'est trouvé hors de ma vue. Ces dernières années je ne repensais à cet homme que lorsque vous arguiez des bienfaits de l'hypnose dans un séminaire, ou à la lecture d'un article sur le sujet. Vous penserez sans doute que ce que je viens de vous raconter renforce en quelque sorte votre théorie. Peut-être, docteur. Le problème est le suivant : nous ne saurons jamais avec certitude à qui nous appliquons une telle méthode. L'hypnose est une arme à double tranchant, qui peut avoir des conséquences inespérées et indésirables. Hypnotisez un psychopathe, par exemple, convainquez-le de ses talents, imprimez dans son esprit la sécurité dont il manque et la volonté qu'il n'a jamais eue, et le résultat peut être ce petit homme dont nous venons de parler et qui, il y a environ un mois, avec plusieurs acolytes, a perpétré une tentative de coup d'État en Allemagne. Avant de suivre le traitement du docteur Forster, ce caporal aveugle et ridicule que j'ai connu à l'hôpital de Pasewalk ne pouvait pas prétendre à grand-chose ; ramoneur, cordonnier, poissonnier, serveur dans une brasserie. Aujourd'hui le voilà chef d'un parti politique qui plaît, et sa terrible éloquence exerce un étrange pouvoir sur ses semblables ; la tête d'une Gorgone qui n'a pas fini de vomir toute sa haine.

Pierce resta immobile tout le temps du laïus de l'Allemand, la main tenant fermement la poignée de la porte. Il paraissait vieilli ; un homme fatigué, vaincu. Alors que l'écho de la voix de Stenheimer achevait de s'éteindre entre les murs de la bibliothèque, Pierce ouvrit la porte et chuchota :

– Après vous…

La première partie de cette nuit unique, sans égale, asymétrique, s'était déroulée sous le signe de l'humiliation ; la seconde, en revanche, serait pour Edward Pierce la confirmation que la plus complète et totale des déroutes peut parfois susciter une dose modeste de satisfaction, et qu'il existe une certaine forme de volupté dans l'abandon à l'inéluctable cours des choses.

Ils sortirent dans le jardin enneigé. Pierce éclairait le chemin avec une lanterne. La nuit s'était couverte de brume. Alors qu'ils avançaient à travers la neige et le brouillard, Stenheimer reprit son inconsistant bavardage. Pierce, qui ressentait pour la troisième fois les symptômes qui annonçaient sans l'ombre d'un doute la névralgie, l'écoutait à peine. Il savait que, cette fois, la douleur ne flancherait plus, qu'à tout moment, le rat d'acier reprendrait son travail sadique, l'empêchant de penser et même de bouger, et qu'il avait besoin de toute urgence de la dose de morphine qui désactiverait ce macabre mécanisme désormais en marche. Il visualisa la seringue en argent et l'ampoule dans sa chambre, sur la table de nuit, à côté du livre de Stevenson. Il se vit lui-même, assis sur le lit, s'injectant la morphine. Il vit le liquide s'engouffrer dans ses vaisseaux sanguins, suivre l'enchevêtrement d'artères et de veines, congelant sur son passage le feu qui le consumait, et finir sa route dans la tanière du rat d'acier, là où celui-ci, devenu fou, griffait les parois osseuses. Une cloche de glace s'abattait alors sur l'animal, immobilisé, empaillé, comme suspendu entre deux existences. La voix de Stenheimer le ramena de nouveau à la réalité, bien que Pierce ne soit plus certain que la réalité était ce jardin blanc recouvert de brume sur lequel ils cheminaient, à la lumière de la lanterne, ou une autre, dans laquelle il gisait sur un lit en fer émaillé, dans sa chambre au troisième étage, observant un îlot hérissé de lits identiques au sien – certains très hauts, d'autres très petits, d'autres encore dont les barreaux s'élançaient vers le ciel orageux comme autant de tiges de métal –, fixés sur les flancs rocheux, penchés en équilibre précaire. Les draps claquaient dans le vent. Edward Pierce se voyait à présent allongé dans chacun de ces lits, copies parfaites de ceux qui encombraient l'hôpital de campagne de la Somme, cet autre pays des merveilles, où il avait atterri à cause de l'éclat d'obus incrusté dans son lobe pariétal droit. Tandis que les blessés arrivaient sans interruption en provenance du front et que l'hôpital s'emplissait de hurlements et de gémissements, l'œil du médecin, agrandi par une loupe, cherchait l'éclat de métal enfoncé dans sa tête, ce fragment de mort en suspens, le supplice de la goutte d'eau qui, à mesure que le temps passerait (pas le temps comme l'expérimente le commun des mortels, ce passage routinier des jours, semaines, mois et années, mais un fleuve souterrain, d'eaux boueuses, veillé par un dieu antique et sanguinaire, une divinité à tête de taureau ou de cheval), se transformerait en ce rat qui vivait au sein de son crâne.

Au loin, Pierce perçut un mouvement derrière les arbres, des ombres qui s'avançaient, tapies dans la brume, guidées par la lumière de la lanterne, mais le psychiatre s'en désintéressa vite, car au milieu du fatras de trivialités qu'il débitait, Stenheimer laissa tomber soudain une réflexion et une question qui interpellèrent Pierce. « Toute vie est une guerre », dit l'Allemand, et ensuite : « Qu'allez-vous faire maintenant ? » L'unique chose qu'il restait à faire : brûler son livre, *L'Œil de Goliath*. Il quitterait St. Bartholomew. Un autre psychiatre se chargerait du lieu et de ses patients. Électrochocs. Trépanations. Pierce pensait à tout cela, mais il resta silencieux. La douleur revenait, cette fois pour de bon. Il entendit un cri, au loin, derrière les arbres. L'anthropophage ? Stanton, le revenant ? L'homme qui parlait à l'ange ? Cela n'avait plus d'importance.

Ils n'étaient plus qu'à quelques mètres des anciennes écuries et de la chambre qu'il avait réservée à son visiteur. Cependant, avant d'arriver, Stenheimer remarqua, sur sa droite, les monticules de terre et les sacs de sable qui délimitaient le tracé des tranchées que Pierce avait fait construire pour déterminer l'origine de la folie de son patient. L'Allemand se figea, désignant, incrédule, le décor.

– Cela doit être l'endroit de la dernière expérience que vous décrivez dans votre livre… commenta-t-il, entre curiosité et moquerie.

Stenheimer arracha la lanterne de la main de Pierce, marcha en direction de la tranchée et descendit l'échelle. Une fois au fond, il fit quelques pas et recula, inspectant la qualité de l'ouvrage. La neige crissait sous son poids, et la lumière jaunâtre de la lanterne, brillant au fond de la fosse, paraissait surgir des entrailles de la terre, expulsant avec elle des ombres que Pierce avait d'abord prises pour les animaux mal empaillés de Bradley : le lapin ailé, les écureuils tuméfiés, les oiseaux difformes. Il comprit vite que ces silhouettes n'avaient pas de forme définie, qu'elles changeaient sans cesse, comme des vagues ou comme si elles étaient faites de ténèbres. La guerre elle-même paraissait les vomir. Des corps en putréfaction, des bras et des jambes, des entrailles et des os. Pierce détourna le regard de cette vision d'horreur et eut la sensation que sa tête allait exploser : des fers ardents lui fendaient le crâne. Il aperçut son ennemi, en bas, dans le fond blanc de la tranchée. Rondouillard et rougeaud, victorieux, Stenheimer se remémorait la mise en scène qu'il avait qualifiée quelques secondes auparavant d'« expérience finale » ; l'Allemand partit dans un éclat de rire et mit ses mains en porte-voix pour pousser un cri guttural, traversé par un rire moqueur :

Deutschland Deutschland

À cet instant, ses contours, d'abord imprécis, devinrent d'une absolue netteté pour Pierce. Le subterfuge s'était dissipé, il le voyait désormais complet et absolu, sans fard ni artifice, avec toute la clarté qu'ont parfois les cauchemars : un démon à tête de taureau ou de cheval, dansant nu dans la neige, à la lumière de la lanterne, piétinant les corps que rendait la terre.

Pierce s'empara d'une épaisse branche au sol et sauta dans la tranchée. Stenheimer s'effondra au premier coup. Et tandis que Pierce le frappait sans relâche, la douleur qui lui tenaillait le crâne disparut, elle s'évapora, comme si le fragment logé dans son lobe pariétal droit se liquéfiait à chaque coup de bâton et, une fois dissous, fondait dans son sang.

Edward Pierce se leva. Il commençait à faire jour. Le silence paraissait irréel. La neige, son visage et ses mains étaient maculés de sang. Ses paupières étaient lourdes, comme recouvertes d'une substance gluante. La lumière plombée, grise, de l'aurore prit une nouvelle consistance et la neige étincela sous les rayons du soleil. Sortant de derrière les arbres, certains patients s'approchaient : Stanton était nu, coiffé d'un haut-de-forme, Cavendish se faisait tout petit, tandis qu'Ephistone, l'ancien chapelain, avançait d'un air décidé, les mains jointes. Les autres, éloignés et indistincts, se déplaçaient non sans crainte. Arrivé au bord de la tranchée, « l'homme qui parlait à l'ange » descendit l'échelle, s'agenouilla face à Pierce et proclama :

– Il y a un temps pour naître et un temps pour mourir, un temps pour tuer et un temps pour guérir, un temps pour la guerre et un temps pour la paix…

Pierce regarda autour de lui. Ses lèvres bougèrent, mais pas un son ne sortit de sa bouche. Les patients s'agenouillèrent au bord de la fosse. Ephistone embrassa les mains ensanglantées du psychiatre, murmurant :

– Ingénieur, ingénieur.

Alors « l'anthropophage » se laissa glisser au fond de la tranchée et rampa avec impatience jusqu'au corps inerte de Stenheimer, dans ce jardin où une histoire vieille comme le monde – celle d'un homme tuant un autre homme – venait de se répéter une fois de plus.